The Silent Miaow

멍청한 인간들과 공존하는
몇 가지 방법

The Silent Miaow

폴 갈리코 지음 | 조동섭 옮김

윌북

CONTENTS

프롤로그

나는 이 책의 원본을 별나게 건네받았다. 원고를 건넨 이웃은 큰
출판사에서 교육 관련 책을 만드는 편집자였다. 그 편집자가 나에게
원고를 주며 전한 말을 빌리면, 어느 날 아침을 먹고 있을 때 초인종이
울렸다고 한다. 신문이 늦게 왔나 생각하며 밖으로 나갔더니
현관에는 아무도 없고, 신문 대신 두꺼운 원고 뭉치가 현관 매트 위에
놓여 있더란다.

편집자이니 이렇게 배달되는 원고에 익숙했지만 인적 없는 텅 빈
거리를 보고 흠칫했다고 한다. 초인종 소리에 현관문을 열기까지는
불과 몇 초밖에 걸리지 않았기 때문이다. 그러나 그것으로 끝이
아니었다. 원고를 훑어보고 더 놀랐다. 전혀 알아볼 수 없었기
때문이다. 어느 미치광이가 썼거나 장난이거나 아니면 희귀한 암호로
쓰인 듯했다.

원고에 적힌 글을 도무지 이해할 수 없었던 이웃은 내가 암호에
일가견이 있음을 떠올렸다. 사실 나는 암호 해독에 관심이 많고, 전쟁
때는 실제로 암호를 해독한 경험이 있다. 그래서 혹 관심이 있으면
해독해보라며 나에게 원고를 건넸다.

그 원고의 첫머리를 그대로 옮기면 다음과 같다.

6ㅗ09ㄴ ㅆㄹ4 ㄴ어5ㅎ ㅊㄱ__로 ㅁㅐㄷ ㅌㅐ

ㅅ0ㄲ; 거얀이, 길 ㅇ;ㄹㅎㅇ,ㄴ 거얀이, 집 업6는 거얀일,ㄹ 우;한

좿;ㅁㅅ

xxxxxx ㅈ;ㅇ,ㅂ

ㄴ0가 아주 올;ㄴ 거얀이 ㅇ8ㅆ을 ㄸ9, 난,ㄴ 불헹ㄹ;고 암말,ㄹ

ㅇ;ㄹㅎ코 불긔 62ㅜ밖에 안된 내잉[ㅅ[싱에 흑고 벼러젓더. 횟;만

ㄱ, 샷;ㄹ에 재낱;ㄱ[연연해디 않아ㅛ디. 난,ㄴ 똑똑해구, 챡혀구,

좿; 잇ㄴ,ㄴ 거얀이벼, 스수룰,ㄹ 굴ㄱ- 믹엇기 때믄아랴. 업바가

중헹ㅎ; 밤애 겨청샤교러 새싱를 떠닉; 뎐, 몇 두 골란 업바료뷰텨

베른 갸으팀됴 교윤리 뒈디.

원고를 훑어보았는데 지금까지 알려진 어떤 암호 패턴과도 달랐다.
암호를 연구하는 사람들이 가장 해독하기 어려워하는 암호는
숫자와 문자의 조합이다. 하지만 이것은 분명 제목과 지은이의
이름(정확한 이름은 안타깝게도 글자가 긁혀서 확실히 알 수 없다), 그리고 어떤
이야기의 시작 부분임을 알 수 있었다. 나는 호기심에 원고를 붙잡고
알아내려 애썼지만 흔히 쓰는 암호 해독 기술로는 내용을 파악하기

어려웠다. 결국 제풀에 지쳐 원고를 한쪽으로 제쳐두고 말았다. 그렇게 몇 달이 흐른 후 다시 원고를 보았을 때 아주 놀라운 일이 일어났다. 첫 문장을 읽을 수 있을 것 같았다. 아니, 운율 같은 것이 머릿속에 떠오르는 것 같았다.

'내가 아주 어린 거얀이였을 때, 나는 불행히도 엄마를 잃고 불과 6주밖에 안 된 나이에 세상에 홀로 버려졌다.'

이렇게 쉬운 거였나? '거얀이'는 뭐지?
나는 보이는 대로 문장을 번역하기 위해 타자기 앞으로 갔다. 타자기 자판을 보는 순간 머릿속에 번쩍 생각이 떠올랐다. 드디어 방법을 찾았다. 처음에는 천천히, 점점 익숙해지자 속도가 붙으며 번역을 할 수 있었다. 다음은 내가 번역한 원고의 내용이다.

멍청한 인간들과 공존하는 몇 가지 방법
xxxxxx 지음

그런데 왜 이렇게 이상한 암호로 썼을까? 타자기의 자판을 보면

알겠지만, 쳐야 할 글자가 아닌 바로 옆에 있는 글자나 부호를 치는
암호라니. 그러나 곧 그 이유를 깨달았다. 암호가 아니었다. 암호를
쓰려고 작정한 것은 더욱 아니었다. 타자에 익숙하지 않은 사람은
쳐야 할 키가 아니라 옆의 키를 누르는 실수를 종종 저지르기
마련이다. 이 원고 역시 그런 실수 때문에 알아볼 수 없었던 것이다.
하지만 그래서 나타나는 오타와 다른 점이 있었다. 손가락이 아닌
넓적한 앞발로 자판을 치거나 눌렀을 때 나올 법한 오타였다. 작은
동물이 앞발로 ㅁ을 치려고 하면 옆에 있는 ㅂ과 ㅈ과 ㄴ까지 누르게
되고, 원하는 글자 대신에 나머지 글자들 중 어떤 것이 찍히는 것
말이다.

이를 단서로 더 조사해 보니, 제목에서 짐작할 수 있듯 이 원고는
사람이 아니라 뛰어난 지능을 가진 고양이가 쓴 것이 분명했다.
그 고양이가 사는 집에 있는 타자기는 가볍게 닿아도 자판이 작동할
만큼 아주 민감한 최신 전동 타자기였을 것이다. 지은이는 스스로
여성임을 밝히고 있는데, 그렇게 확실히 밝히지 않더라도 곳곳에
드러나는 날카로운 태도를 보면 이 글이 꽤 여성적임을 알 수 있다.
나는 애묘가다. 고양이도 여럿 키웠다. 내 고양이들 중에는 타자기를
만지거나 가지고 놀려고 한 고양이도 많았다. 하지만 타자기를

만지작거리기만 했지 이런 글을 쓴 적은 전혀 없었다. 이 책의 '놀이와 오락'에 나오는 대로 내 일을 방해하려는 행동이거나 단순한 장난에 불과했다. 때때로 나는 고양이가 글을 쓰기를 바란 적도 있었다. 그래서 소설을 쓰다가 종이를 그냥 타자기에 두고 자러 가기도 했다. 고양이가 밤새 그 소설을 완성시키지 않을까 하는 바람 때문이었다. 하지만 문학적 재능을 지닌 고양이에게 도움을 받는 행운은 결코 없었다.

번역을 계속할수록 오타에 익숙해져서 제대로 타자한 원고처럼 읽을 수 있었다. 이 원고는 데이지 애슈포드^{Daisy Ashford}의 〈젊은 방문객^{The Young Visiters}〉 이래 가장 놀라운 문학적 발견임이 틀림없었다. 비록 작가 이름은 긁혀서 영원히 알 수 없게 되었지만, 그 개성은 책 전반에 강렬하게 드러나, 마치 작가가 독자 바로 앞에서 독자를 바라보고 있는 듯했다. 걸작이라는 칭찬은 과할지라도 최소한 강렬하고 새로웠다. 인간을 깎아내리는 내용도 있지만, 그것은 저자의 잘못이 아니라 우리 인간의 잘못일 뿐이다.

원고를 쓴 고양이의 정체를 밝히기 위해 이웃들을 찾아가 보았지만 처음에 원고를 받은 편집자의 집에는 타자기만 있고 고양이가 없었다. 사실 그 편집자는 고양이를 그다지 좋아하지도 않았다.

다른 집에는 고양이는 있지만 타자기가 없었다. 지역을 더 넓혀서
고양이를 키우는 사람들을 조사하다가 레이 쇼어 부부를 만났다.
부부의 고양이는 여러 면에서 그럴싸했다. 부부는 우연히 맡게
된 '치자'(치자는 헝가리에서 새끼 고양이를 부르는 말로, 쇼어 부인이 헝가리
출신이었다)라는 암고양이를 키우고 있었고, 집에는 타자기, 그것도
전동 타자기가 있었다. 쇼어 부부는 우아하고 매력적인 치자를
애지중지했지만, 정작 치자가 글을 깨치고 문장을 쓸 수 있을 만큼
놀랍게 영리한 고양이라는 사실은 알아채지 못했다. 물론 고양이가
글을 깨치는 것은 놀라운 일이 아니다. 고양이를 키우는 사람이라면
누구나 알겠지만, 고양이는 간단한 단어라면 스무 개 정도는 충분히
알아듣는다.

원고를 쓰는 것에 대해 이야기하자면, 일단 타자하는 것은 어렵지
않다. 예를 들면, 침팬지는 인간의 행동을 기계적으로 따라할 수
있는데, 통계학자들의 주장에 따르면 침팬지에게 충분한(수백만 년이
될 수도 있고 바로 내일이 될 수도 있다) 시간을 주고 타자 훈련을 시키면
셰익스피어의 〈사랑의 헛수고 Love's Labour's Lost〉를 칠 수 있다고 한다.
내 생각에 고양이는 침팬지보다 영리하다. 침팬지가 할 수 있다면
고양이는 더 잘할 수 있다.

나는 쇼어 부부의 고양이를 만났다. 치자는 무척 쾌활했고, 다른
고양이들보다 특별히 더 거만하거나 오만하지도 않았다. 하지만
문학적 천재성을 드러내는 특징은 전혀 찾을 수 없었다. 그러나
스스로 일련의 규칙을 만들고 지침서를 쓸 만큼 똑똑한 동물이라면
그런 사실을 영리하게 잘 숨길 것이라는 추측이 들었다. 고양이는
모두 비밀스럽다. 고양이는 사람에게 제 생각을 드러내지 않는다.
나는 쇼어 부부에게 밤에 아래층에서 타자 소리를 들은 적 없는지
물어보았다. 한두 번 무슨 소리에 깬 적은 있지만 쥐 소리나 배수관
소리로 생각하고 신경을 쓰지 않았다고 했다. 결국 치자가 원고를 쓴
고양이라는 확실한 증거는 찾지 못했다.

이 원고를 과연 누가 썼는가는 여전히 추측에 머물러 있다. 하지만
확실한 것은 하나 있다. 놀라운 재능을 지닌 한 고양이가 편집인과
발행인을 완전히 사로잡아 이렇게 책을 내도록 만들었듯이,
나중에는 고양이가 인간을 완전히 접수하게 되리라는 사실이다.

폴 W. 갈리코

①

접수하기

내가 아주 어린 고양이였을 때, 나는 불행히도 엄마를 잃고 불과 6주밖에 안 된 나이에 세상에 홀로 버려졌다. 그 사실에 지나치게 연연하지는 않는다. 나는 똑똑하고, 착하고, 영리하며, 내 자신을 믿기 때문이다. 엄마가 불의의 교통사고로 세상을 떠나기 전 몇 주 동안 엄마에게 배운 가르침도 많은 도움이 됐다.

숲에서 지긋지긋하게 굼벵이와 곤충을 먹으면서 일주일 쯤 지낸 뒤, 인간 가족을 접수하기로 마음먹었다. 그리고 집고양이가 되기 위한 작전에 즉시 착수했다.

결과는? 성공이다. 인간 가족을 접수하는 방법은 친구들과 자주 이야기했다. 자랑 같아서 부끄럽기는 하지만 내가 다른 고양이들보다 식견이 뛰어나고 영리해서 친구들의 행동을 올바로 지적하곤 했다. 친구들은 내 이야기에 어찌나 감동했는지 글로 적어달라고

사정하기도 했다. 더 나아가서 비슷한 길을 걷기 시작하는 어린
친구들을 위해서 인간과 고양이의 관계에 대한 비법과 처세술을
체계적으로 정리한 책을 만들어달라고 부탁했다.

그래서 이 책을 쓰게 됐다. 우선, 내가 처음으로 인간 가족을 접수한
방법을 간단히 설명할까 한다. 그 인간 가족의 이름은 밝히지 않겠다.
이름이 밝혀지면 인간 가족이 당황할지도 모르니까.

먼저, '접수하다'라는 말을 설명해야 할 것 같다. '접수하다'는 말을
사전에서 찾으면, '권력으로써 다른 사람의 소유물을 일방적으로
수용함' 혹은 '받아서 거둠'이라는 뜻이다. 고양이가 인간 세계로
들어가는 일을 가리키는 말로 '접수하다'보다 좋은 표현은 없다. 우리
고양이가 인간의 집에 들어가는 바로 그 순간, 하룻밤 사이에 모든
것이 싹 바뀌어버린다. 인간의 습관과 버릇도 바뀌고, 집도 더 이상
인간의 것이 아니게 된다. 바로 우리 고양이 차지가 되는 것이다.

지레 겁먹지 않아도 된다. 각자 상황이 조금씩 다를 뿐 기본 방법은
같다. 우리 고양이는 접수의 본능을 품고 있다. 변화무쌍한 세상에서
우리는 수천 년 동안 변함없이 살아남았다. 그건 접수의 본능
덕분이다. 우리가 할 수 있는 일? 끝도 없다. 역사를 되돌아보기만
해도 쉽게 알 수 있다. 불과 오천 년 전만 해도 이집트에서 우리

고양이는 신이었다. 개들은 기둥 사이에 숨어 지냈지만 우리
고양이는 신으로 칭송됐다. 우리를 모욕하거나 우리에게 해를 입힌
것들은 모두 목이 잘려나갔다.

자, 그럼 슬슬 이야기를 시작해볼까. 나는 야생에서 굶주린 생활에
넌더리가 났다. 그래서 인간들이 사는 세계로 나왔다. 창 덧문을
초록색으로 칠한 하얀 집을 눈여겨보았는데 깨끗하고 아담하고
화사한 집이었다. 집 옆에 있는 정원에는 꽃과 채소가 있었다. 작은
포도 덩굴도 있고 연못에는 물고기가 놀고 있었다. 헛간도 있었다.
집과 마당이 깔끔하게 잘 다듬어졌고 차고에 비싼 차가 있는 걸
보니 살림살이도 괜찮은 집 같았다. '광에서 인심 난다'는 말도 있지
않은가. 가난한 집이라도 접수하겠다는 고양이도 있을지 모르지만 난
그러기 싫었다.

나는 뒷문으로 살금살금 다가갔다. 부부가 안에서 아침을 먹고
있었다. 아이들은 보이지 않았다. 좋은 일이다. 나중에는 아이들도
쉽게 접수할 수 있지만, 아이들이 집에 오기 전에 어른들을 먼저
접수하는 게 좋다.

이 부부는 내가 바라던 인간 가족의 모습에 딱 들어맞았다. 그래서

나는 덧문에 뛰어올라 철망에 매달린 채 구슬피 울었다.

부부는 아침을 먹다가 나를 바라보았다. 덧문 너머에 있는 내 모습이
그 부부의 눈에 어떻게 비칠지 나는 정확히 알고 있었다. 부부는
나에게서 눈길을 떼지 못했다. 나는 철망을 놓치는 척하며 아래로
떨어졌다. 그리고 울면서 다시 기어올랐다.

여자가 말했다.

"저런! 가여워라. 들어오고 싶나 봐. 배가 고픈가? 우유라도 좀
줘야지."

예상했던 반응이었다. 여자는 벌써 나에게 넘어왔다. 이제 문
안쪽으로 한 발을 들여놓기만 하면 된다. 그렇지만 세상일이
쉽지만은 않은 법이다. 문제는 남자였다!

남자는 소리치고, 으르렁거리고, 의자를 덜컥거리며 소리를 내기
시작하더니, 식탁을 주먹으로 내리쳤다. 고양이는 질색이니 집에
들일 수 없다고 고함쳤다. 그러더니 아무 데나 올라간다는 둥, 가구에
흠집을 낸다는 둥, 집에 나쁜 냄새가 밴다는 둥, 갖가지 따분한
잔소리를 늘어놓았다.

"여보! 안 돼! 정 뭘 주고 싶으면 헛간 앞에 우유나 놔줘. 집 안에 들일
생각일랑 아예 하지도 마!"

나는 속으로 말했다.

'나랑 한번 붙어보겠다고? 이럴 때 어떻게 해야 하는지는 내가 더 잘 알지.'

내 말을 어떻게 생각할지는 모르겠지만 난 그렇게 반대하는 사람이 있어서 오히려 기분이 좋았다. 고양이를 싫어한다고 생각하는 사람을 내 편으로 만드는 일이 세상에서 제일 재밌는 일이다.

나는 머릿속으로 그런 생각을 하면서 계속 울었다. 또 계속 덧문에 기어올랐다가 떨어지길 반복했다.

여자가 문을 열고 나를 안았다.

"호들갑 좀 떨지 말아요. 그냥 우유 좀 주는 것뿐이잖아요. 우유만 주고 밖에 내놓을게요."

여기서 꼭 명심할 게 있다. 인간 남자는 화내고 흥분하고 소리치고 고함칠수록 인간 여자에게 더 무시당한다는 점이다. 이 집의 인간 남자도 계속 소리치며 고양이가 싫다고 난리였다. 그때 나는 이미 집 안으로 들어와서 접시에 담긴 우유를 핥고 있었다.

일단 안으로 들어온 뒤에는 어떻게 해야 하는지 정확히 알았다. 우리 엄마는 다루기 힘든 인간을 상대한 경험이 많았고, 나는 엄마에게서 인간 남자를 어떻게 다뤄야 하는지 배웠다. 나는 남자를 그냥

무시하고 여자에게 아양을 떨기 시작했다. 여자는 '나비야', '아가',
'야옹아', '예쁜이' 등으로 부르며 나를 달랬다. 여자가 부산을 떨자,
남편은 급기야 화를 내더니 소리쳤다.

"됐어, 거기까지! 밖으로 내보내!"

"알았어요, 알았어."

여자는 나를 들어서 문 밖에 내놓았다.

"자, 야옹아, 저리 가렴."

하지만 나는 빈말인 것을 알았다. 그래서 얼른 덧문에 뛰어올라
매달려서 울었다.

남자가 소리쳤다.

"얼씨구! 뭐 하는 거야? 밖에 내버리고 와."

여자는 남편의 말대로 했다. 하지만 여자가 나를 내려놓고
돌아서자마자 나는 여자를 뒤따라서 집으로 다시 들어갔다. 세
번쯤 그렇게 했던가. 그사이에 남자가 모자를 쓰고 집 밖으로 나가
자동차에 올라타더니 우리를 보았다. 네 번째로 버려졌을 때는
숲 언저리에 처량한 모습으로 앉아 있었다. 남자는 차를 몰기 전,
부인에게 작별 입맞춤을 하고서 마지막으로 나를 보았다. 나는
뒤돌아서 혼자 앉아 있었다.

'이제 남자는 종일 나를 생각하겠지. 머릿속에 온통 내 생각밖에 없을
거야.'

이렇게 생각하니 아주 만족스러웠다. 자동차가 모퉁이를 돌아서
사라지자마자, 예상대로 여자가 나를 데리고 집 안으로 들어갔다.
여자는 완전히 나한테 넘어와 있었다. 우리는 온종일 즐겁게 보냈다.
저녁이 되기 직전, 여자는 나를 안고 입을 맞추며 말했다.

"야옹아! 이제 헤어져야 해. 남편이 곧 돌아올 테니까."

여자가 나를 밖에 내놓자, 곧 자동차 불빛이 집 모퉁이를 비췄다.
남자가 돌아왔다.

나는 아주 깜깜해질 때까지 기다렸다. 배고프고 외로운 내 신세가
처량하게 느껴졌다. 덧문 밖에 앉아 끝없이 울었다.

주방은 환했다. 창문 너머로 부부가 저녁을 먹는 모습이 보였다. 나는
창문 밑에 앉아서 애절한 소리로 울었다.

갑자기 남자가 나이프와 포크를 탁 내려놓더니 소리쳤다.

"정말 시끄러워서 못 참겠네!"

"뭐가 시끄러워요?"

"저 빌어먹을 고양이 말이야! 이렇게 될 줄 알았어. 내가 아침에도
말했잖아!"

빌어먹을 고양이라니! 날 정말 그렇게 불렀다. 나는 단단히

마음먹었다. 꼭 이 집을 접수해서 내 앞에서 설설 기게 만들겠다고.

울음소리에 있는 힘을 다 쏟았다. 마음이 얼음장인 사람도 녹일 만큼

슬픈 울음소리였다.

여자가 말했다.

"어머, 가여운 것! 또 배가 고픈가."

남자가 고함쳤다.

"젠장! 데려와서 음식을 주도록 해!"

"하지만 당신이……."

"내가 한 말은 잊어버려! 하지만 저녁만 먹이고 밖으로 내보내.

저 빌어먹을 소리 때문에 밥도 제대로 못 먹겠어."

그러자 여자가 나를 안고 집 안으로 들어갔다. 나는 한 번 더 맛있는

밥을 먹었다. 저녁을 다 먹은 뒤에도 여자는 나를 내놓지 않았다. 나를

자기 무릎에 앉힌 뒤 장난치고 껴안으며 즐거워했다. 나는 보답으로

가르랑가르랑 소리를 냈다. 남자는 신문을 읽고 있었는데, 자주

신문을 덮고 성난 얼굴로 나를 보았다.

잠시 후, 여자는 나를 의자에 내려놓고 거실에서 나갔다. 나는 자는

척하면서 남자를 지켜보았다. 남자는 나를 계속 감시했다. 나는 그

남자가 무슨 생각을 하는지 다 알았다. 남자는 분명 갈등을 느끼고 있었다. 나를 자기 무릎에 올려놓고 싶지만 차마 대놓고 그럴 수 없었던 것이다.

조금 뒤 여자가 계단 위에서 불렀다.

"여보! 잘 준비 다 됐어요. 고양이 좀 밖에 내놓아요."

남자가 신문을 내던지고 콧방귀를 뀌며 소리쳤다.

"내가? 당신이 해. 당신이 데려왔잖아!"

"여보, 얘기했잖아요! 난 벌써 옷을 갈아입었어요. 정원 밖에 내놓고 와요."

"에잇, 젠장! 알았어!"

남자는 나를 들어서 손전등을 갖고 밖으로 나왔다. 나를 안는 자세가 영 서툴렀다. 나는 남자의 턱에 머리를 댔다.

"그만해, 이 고양이야."

남자의 턱수염에 머리를 대고 비비며 가르랑거렸다면 곧장 나한테 넘어왔을 것이다. 하지만 서두르지 않았다. 마음만 먹으면 언제라도 접수할 수 있으니까. 나는 남자를 서서히 꼬드겨서 내 충실한 노예로 삼을 생각이었다. 그러려면 남자를 못살게 구는 편이 더 좋다. 그래서 남자가 나를 마당에 내려놓을 때, 나는 발톱으로 셔츠를 꼭 붙잡고 울었다.

남자는 나를 떼어서 내려놓았다. 남자가 간 뒤에도 계속 울었다. 내 예상대로 남자는 내가 따라오는지 보려고 돌아서서 손전등을 비췄다. 당연히 나는 남자를 뒤따르고 있었다. 남자가 나를 집고 으르렁거렸다.

"빌어먹을! 고양아, 그냥 거기 있어!"

나는 남자의 셔츠에 착 달라붙었다. 남자는 나를 내려놓고, 나는 남자의 몸에 달라붙고, 이러기를 몇 차례 반복했다. 마침내 내가 머리를 다시 남자의 턱에 대자 남자는 우물거렸다.

"아이고, 이런······."

나는 가르랑거리기 시작했다.

"고양아, 아기처럼 굴지 마!"

남자는 나를 안고 헛간으로 들어갔다. 헛간을 뒤져서 낡은 골판지 상자를 찾아낸 뒤 나를 상자 안에 넣었다.

"거기 있어! 죽은 듯이 조용히 있어야 해!"

남자는 헛간을 나가면서 내가 뒤쫓는지 보려고 손전등을 비추며 돌아봤다. 이번에는 나도 따라가지 않았다. 상자 위로 머리를 내밀고 앉아서 남자를 쳐다보았다. 남자는 선 채로 나를 바라보았다. 나는

소리 없이 울었다.

'소리 없이 울기'에 대해서는 뒤에서 다시 말하겠다. 한 가지 먼저

귀띔하자면, 소리 내서 운 다음 곧장 소리 없이 울면 아주 효과적이다.

내 예상이 딱 맞았다. 남자는 그대로 허물어져서 망연자실했다.

"이런 맙소사! 고양아, 자, 이제 뭘 원해?"

나는 한 번 더 소리 없이 울었다.

남자는 어찌할 바를 모르는 표정으로 다시 상자에서 나를 꺼냈다.

"고양아, 도대체 뭘 원하니?"

나는 머리를 남자의 목에 대고 쉴 새 없이 가르랑거렸다.

"그만, 안 돼! 집 안에는 못 들어와. 상자가 마음에 안 드니? 그래,

다른 걸 찾아보자."

남자는 나를 내려놓고 헛간을 뒤졌다. 낡은 담요를 찾아내서 펄럭인

뒤 작은 둥지처럼 둘둘 말았다.

"자, 됐다. 어떠니?"

나는 남자를 내 맘대로 훈련시키기로 마음먹었다. 상자에 올라가서

안으로 들어갔다. 남자는 나를 상자에서 꺼낸 뒤 담요 위에

올려놓았다. 나는 다시 상자로 들어갔다. 남자는 화내며 소리쳤다.

"아, 젠장! 그럼 상자에 있어, 그냥!"

그리고 성큼성큼 나갔다. 하지만 나는 분명 남자가 돌아볼 줄 알고
있었다. 이번에는 남자의 예상을 뒤엎고 크게 소리 내서 울었다.

"제발, 고양아! 밤새 이럴 순 없잖아. 정말 뭘 원하니?"

나는 남자에게 한 번 더 기회를 준 셈이다. 남자는 돌아와서 나를
상자에서 꺼낸 뒤, 담요를 상자에 넣고, 그 위에 나를 놓았다. 바로
내가 원한 것이었다. 나는 상자 안에서 빙글빙글 맴돌며 잠자리를
만든 뒤, 가르랑거리며 몸을 웅크렸다. 남자는 나를 지긋이
내려다보았다.

"그랬구나, 고양아. 이제 알았다."

남자는 마침내 헛간에서 나갔다.

여자가 문간에서 남편을 기다리고 있었는지 여자의 목소리가 들렸다.

"여보, 대체 뭘 하느라 이렇게 오래 걸렸어요?"

"비가 올 거 같아서 고양이를 헛간에 두고 왔어. 거기 있으면 돼."

'하하하! 헛간에 있으면 된다니! 이제 남자도 넘어왔어!'

나는 웃으며 잠들었다.

이제 남자를 접수하는 건 시간문제였다. 이튿날 곧바로 남자를
접수할 때가 왔다.

무더운 여름 저녁이었다. 나는 여자 무릎에 앉아서 뜨개질을

방해하고 있었다(뜨개질 방해하기는 뒤에서 이야기하겠다).

남자는 늘 그렇듯 신문을 읽고 있었다. 나는 여자 무릎에서 내려와 몸을 쭉 편 뒤에, 남자 앞으로 가서 다소곳이 앉아 남자를 쳐다보았다. 남자는 짐짓 모른 체하다가 마침내 신문을 옆으로 치웠다.

"고양아! 뭐 필요한 게 있어?"

나는 남자의 발목에 몸을 비비며 공손히 인사했다. 내 생각대로 남자는 곧장 무너졌다.

"이 귀염둥이, 왜? 내 무릎에 올라오고 싶니?"

남자는 나를 들어서 제 무릎에 앉힌 뒤, 나를 토닥거리며 내 턱 밑을 가볍게 긁어 주었다. 나는 가르랑거리며 매력을 뽐내기 시작했다. 남자의 무릎에서 뒹굴고 남자의 몸에 몸을 비비며 아첨하듯 남자의 손을 두어 번 핥기도 했다.

남자는 스르륵 허물어져서 어린애 같은 목소리로 중얼거렸다.

"고양아, 뭐 하니?"

남자는 그 말을 되풀이하면서 아내에게 승리의 눈길을 보냈다.

여자는 뜨개질만 하면서 아무 말도 안 했다.

그때 번개가 번쩍이고 천둥이 치더니 비가 내리기 시작했다. 부부는 집 안 곳곳을 돌아다니면서 창문 닫기에 바빴다. 남자는 나를 안고 창문을 닫으며 계속 달랬다.

"겁낼 것 없어, 고양이 아가씨. 그냥 지나가는 번개야."

조금 지나자 천둥과 번개는 그쳤지만 비는 계속 내렸다. 여자가

말했다.

"이제 자러 가야지. 고양이는 당신이 내놓을래요?"

남자는 아내를 이상한 눈으로 쳐다보면서 소리쳤다.

"뭐? 이렇게 비도 오는 밤에 애를 밖에 내놔? 미쳤어?"

"왜? 헛간에 있으면 괜찮잖아요. 당신이 집에 들이기 싫다고

했잖아요."

남자가 화를 냈다.

"뭐, 집에 두기 싫다고 하긴 했지. 그렇다고 이런 빗속에 둘 수는

없잖아. 봐! 나뭇잎처럼 떨고 있네! 당신은 측은지심도 없어?"

내가 정말 떨고 있기는 했다. 무서워서가 아니라 크게 웃지 않으려고

애쓰느라 그런 거지만.

여자는 어깨를 으쓱했다.

"좋아요. 마음대로 해요. 나야 당신이 한 말 때문에 그런 거지……."

"내가 알아서 할게. 주방 바닥에 쿠션을 깔면 돼."

부부가 위층 방으로 올라갔다. 방에서 소리도 들렸다. 조금 뒤에 불이

꺼지고 여자의 목소리가 들렸다.

"침실 문이 열려 있잖아요."

"응. 문을 닫으면 폭풍우가 다시 오거나 무슨 일이 생겨서 고양이가 겁먹어도 알기 힘들 것 같아."

당연히 나는 위층 침대로 올라가서 남자의 발치에 있는 담요 위에서 편안하고 따뜻하게 잠을 잤다.

아침에 나는 남자의 얼굴 위를 걸으면서 앞발을 남자의 입에 댔다. 남자를 깨운 것이다. 남자는 윗몸을 일으킨 뒤 나를 안았다.

"왜? 요 귀여운 것! 누가 여기 올라오라고 했어? 이리 와, 자세히 보자꾸나."

남자는 장난을 쳤다. 나는 머리를 남자의 턱에 비비며 가르랑거렸다. 아내가 말했다.

"여보, 설마 앞으로 고양이를 우리 침대에서……."

남자는 얼굴을 찌푸리고 아내를 보았다.

"왜? 당신 왜 그래? 얘가 날 얼마나 좋아하는지 보라고. 고양이는 깨끗한 동물이야, 안 그래?"

"그렇긴 하지만……."

"하지만 뭐? 내 쪽에서 자잖아. 왜 자꾸 트집을 잡아?"

우리 모두 아래층에서 아침을 먹었다. 나는 남자의 어깨에 앉거나 목
뒤 의자 등받이 위에 올라가 누웠다.

남자는 내가 자기 옆에 붙어 있자 우쭐했다.

"저놈 좀 봐! 무슨 생각을 하는 거지?"

아내가 말했다.

"놈이 아니에요. 암고양이예요. 당신을 사랑하나 봐요."

그 말에 남자가 이상한 반응을 보였다. 지나치게 크게 웃고, 담배를
더듬어 찾고, 어쩔 줄 모르며 손을 만지작거렸다. 심지어 얼굴까지
붉혔다.

"사랑한다고? 말도 안 돼! 지난밤에 폭풍우 속으로 내놓지 않아서
고마워하는 거겠지."

나는 남자의 목에 몸을 비비고 가르랑거리며 의자 등받이를 따라
앞뒤로 오갔다. 남자는 출근하는 길에 아내에게 입을 맞춘 뒤 나에게
인사까지 했다.

"안녕, 야옹아."

나가면서 아내한테 한마디 덧붙였다.

"내 고양이 잘 돌봐."

그날 밤 저녁을 먹은 뒤, 남자는 신문을 읽었고, 나는 남자의 어깨에

올라앉았다. 갑자기 남자가 신문을 놓고 하품을 하고 기지개를 켰다.

"잘 시간이네. 가자, 야옹아."

헛간 이야기는 나오지도 않았다. 주방 이야기도 안 나왔다. 모두가 위층으로 곧장 갔다.

나는 이렇게 인간의 집을 접수했다.

자, 이제 구체적으로 어떻게 접수하는지 알려주겠다.

②

인간

인간 남자

인간 남자는 대체로 불안정한 종이다. 특히 집안 문제에는
우유부단하다. 이런 면을 이용하면 인간 남자를 다루기란
식은 죽 먹기다.

인간 남자는 스스로를 전지전능한 신이라고 여긴다. 법을 지키게
만들고, 남의 잘잘못을 가리며 엄하게 판결을 내린다. 한편으로는
인자한 아버지이기도 하다. 상대를 아끼고, 용서하고, 사랑하고,
돈을 잘 낸다. 무엇보다 똑똑한 여자가 눈빛 하나로 남자를
조종하는데 인간 남자는 그 사실을 모르고 말려든다는 것이다.
물론 영리한 고양이라면 인간 여자보다 빨리 남자를 조종할 수 있다.
인간 남자가 아내에게 고함지르고, 탁자를 내리치고, 마구 소리치는
모습을 보면, 저 남자가 자기 아내를 미워하는 게 아닐까 생각할 수도

있다. 하지만 그렇지 않다. 인간 남자란 그런 존재다. 크게 떠들고,
소리치고, 명령하고, 규칙을 만든다. 인간 여자는 남자가 그렇게
행동해도 그냥 내버려 둔다. 그렇게 마구 행동한 뒤에는 미안한
마음에 여자가 애초에 바란 대로 고분고분 따른다. 여자는 그 사실을
잘 알기 때문에 남자를 그냥 두는 것이다. 인간 남자를 다룰 때 가장
중요한 것은, 항상 남자가 자기 마음대로 하고 있다고 '생각하게끔'
만드는 것이다.

남자는 자기가 최고라고 생각하기 때문에 지독하게 질투가 많다.
그래, 맞다. 우리 집 남자의 문제도 바로 그 질투심이었다. 우리 집
남자는 아내를 정말 사랑하는 사람이다. 아, 인간의 사랑은 뒤에서
따로 이야기하겠다. 인간 남자는 자기가 아닌 다른 누가 자기 아내를
사랑하는 것을 싫어한다. 아내가 다른 누구에게 관심을 두는 것도
싫어한다. 집에 인간 남자가 있을 때는 언제나 인간 남자의 고양이가
되어야 한다는 것을 명심해야 한다. 인간 남자 옆에 붙어서 떠받드는
척하는 것이 좋다.

아무리 깊이 사랑하는 부부라도 인간들 사이에는 경쟁이 있기
마련이다. 우리 고양이는 그 점을 이용해야 한다. 여자가 고양이의
잘못을 꾸짖으면, 남편이 곧장 고양이 편을 들어주게 되어 있다.

"당신은 정말……. 그 불쌍한 고양이가 뭘 안다고 그렇게 야단이야?"
반대로 남자가 고양이에게 화내거나 못살게 굴면, 아내가 고양이
편을 든다.

자기 집 남자든 아니든 인간 남자를 접수하고 마음대로 조종하려면,
일단 그 남자에게 의지하고 복종하는 척해야 한다는 것을 명심하길
바란다.

앞에서도 말했지만, 인간 남자는 근본적으로 불안정한 존재다.
끝없이 사랑하고, 칭찬하고, 아양을 떨고, 비위를 맞춰야 한다.
이런 일들은 개들이 잘하는 짓이다.

우리 고양이는 아양과는 거리가 멀다. 인간 남자도 그걸 안다.
그래서 우리 고양이는 조금만 애정을 표현해도 몇백 배 큰 효과를
얻을 수 있다. 우리 고양이가 바라는 게 있을 때에는 인간 남자에게
조금만 알랑대면 된다. 남자의 팔에 안긴 채 누워보라. 남자의 표정이
황홀해질 것이다. 남자의 무릎 위에 눕거나 몸을 동그랗게 말고 자도
된다. 남자는 고양이를 깨우지 않으려고 몇 시간이고 쥐가 날 때까지
안 움직일 것이다. 그리고 남자가 퇴근해서 집에 돌아올 때에는
귀찮더라도 문간에서 남자를 기다려야 한다. 그러면 남자는 아내에게
입을 맞추기 전에 먼저 고양이를 안으며 반갑게 인사한다. 남자는

고양이가 자기를 좋아한다고 확신하면 고양이를 위해서 뭐든 다한다.
예를 들면, 우리 집 남자는 나를 위해서 잠자리로 쓸 상자를 네 개나
준비했다. 내가 네 번째 상자에 들어가니까 행복에 겨운 나머지
울먹거렸다.

인간 남자를 녹이는 방법들은 이 책 곳곳에 소개되어 있다. 하지만
고양이마다 자기가 처한 상황에 따라서 다른 방법을 찾아야
한다. 인간 남자가 정원이나 숲을 산책할 때 따라가는 것도 아주
효과적이다. 잠시도 떨어져 있기 싫은 척하는 것이다. 아침에 남자가
면도할 때 욕조 가장자리나 변기 뚜껑에 앉아서 바라보는 것도
방법이다. 인간 남자를 정말 꼼짝 못하게 만들고 싶다면, 남자가 다른
사람들 앞에서 고양이의 이름을 부를 때 얼른 다가가 보라.

인간 남자에게 이렇게 아부하다니, 고양이의 독립성을 포기하는
것 같지만 아니, 전혀 아니다. 인간 남자가 스스로를 신이라고
생각하니까 우리 고양이는 그 생각에 맞장구치는 것뿐이다. 우리가
손해를 볼 것은 털끝만큼도 없다.

이 책에는 '의인화'라는 말이 자주 나온다. 그 뜻을 잘 알아야 한다.
'의인화'란, 인간이 사물이나 동물을 인간에 빗대 표현하는 것이다.
인간은 세상이 자기들을 중심으로 돌아간다고 생각한다. 정말이지

우쭐댄다. 그렇게 모든 것을 인간 기준으로 생각하기 때문에, 우리 고양이의 행동도 동물 입장에서 보는 게 아니라 인간 입장으로 해석한다. 인간의 이런 생각을 이용하는 법도 앞으로 배우게 될 것이다. 인간 남자를 적당히 구워삶는 데 성공하면 인간 남자는 고양이를 인간 여자와 마찬가지인 존재로 여긴다. 그러면 그 인간 남자를 언제 어디서나 마음대로 써먹을 수 있다.

인간 여자

인간 남자를 구워삶는 방법을 그대로 인간 여자에게 쓰면 안 된다. 절대 안 된다. 이유는 간단하다. 인간 여자도 우리 고양이랑 똑같은 방법을 인간 남자에게 써먹기 때문이다.

인간 여자는 우리 고양이와 비슷한 면이 아주 많다. 물론 인간 여자를 우리와 비교하는 일은 썩 내키지 않지만 인간 여자와 함께 있을 때에는 인간 여자가 우리와 비슷하다는 점을 염두에 두어야 한다. 인간 여자는 우리 고양이와 마찬가지로 사냥꾼이다. 명민하고 잔인하다. 우리 고양이는 종종 먹잇감을 갖고 장난친다는 비난을 받지 않는가? 인간 여자도 마찬가지다. 가끔 먹잇감을 놓아주고,

그 불쌍한 먹잇감이 안도의 숨을 내쉬며 떨리는 가슴을 가라앉혔다
싶으면 휙 나타나서 일격을 날린다.

인간 여자를 절대 과소평가하면 안 된다. 인간 여자는 아주 영리하다.
남자를 사로잡아서 접수하는 게 여자니까, 남자보다 여자가 훨씬
영리한 것이다. 인간 부부 중 남편을 쉬이 접수했다 하더라도
조심해야 한다. 그 아내는 우리 고양이가 자기 남편을 어떻게
구워삶았는지 다 알고 있다.

그렇다고 너무 경계할 필요는 없다. 왜냐하면 서로의 비슷한 면
때문에 인간 여자는 우리 고양이를 아끼고 존중한다. 아내가
고양이에게 넘어간 남편을 조금 무시할 수는 있다. 어쨌거나 그건
시간이 흐르면 서로 익숙해질 테니 우리 고양이가 걱정할 문제는
아니다. 인간 여자가 남편을 무시하기 시작하면, 우리 고양이의
꼼수를 알아차렸다는 신호다. 그때부터는 인간 남자를 대하듯
자유롭게 인간 여자를 대해서는 안 된다. 고양이가 인간 여자에게
취해야 할 태도는, '네가 나에 대해서 잘 알고 있다는 사실을 나도 다
알고 있다'라고 알리는 것이다. 여자에게는 지나친 속임수를 쓰지
않겠다는 생각도 알려야 한다. 그러면 인간 여자는 늘 고양이 편에
서서 인간 남자에게 맞서는 동맹군이 될 것이다. 그다음에는 인간

여자와 함께 안락하고 평화로운 휴전 상태로 살 수 있다.

인간 여자를 우리 고양이와 비슷한 존재로 생각하기 바란다. 그러면 여자를 과소평가하는 실수를 피할 수 있다. 인간 여자는 남자보다 훨씬 강인하고, 자기가 원하는 바를 잘 알며, 그것을 어떻게 손에 넣을지도 알고 있다. 하지만 인간 여자에게는 부드러운 면이 있어서

우리 고양이가 집을 원하는 대로 만드는 걸 도와주기도 한다. 인간
여자가 언제 짜증이나 화를 내는지 알아채는 법도 깨우쳐야 한다.
그럴 때에는 옆에 가까이 가지 않는 게 좋다.

인간 여자와 연관된 문제는 다른 장에서도 살펴볼 것이다.
집에서 부딪칠 갖가지 상황을 계속해서 이야기할 것이고, 그때 다시
인간 여자와 얽힌 문제를 짚어볼 수 있을 것이다.

마지막으로 독립심도 없고 자긍심마저 빼앗긴 어느 슬픈 고양이의
이야기로 이 장을 마무리하려고 한다. 자식 없는 어느 외로운 인간
여자의 집에 살면서 자식 대용물로 만족하며 지내던 고양이가
있었다.

누구나 알겠지만 세상에는 갖가지 고양이가 있다. 지나치게
게으르고, 응석둥이에다 버릇없는 고양이도 있다. 굴욕적인
생활을 모른 체하거나 심지어 즐기기까지 하는 고양이도 있다.
그런 고양이들은 집 안에만 갇혀 지내고, 신문지나 두꺼운 천이
아닌 비단 쿠션 위에서 잠을 잔다. 그 집에 사는 인간은 아기 같은
혀짤배기소리로 고양이에게 말을 걸고, 어르고, 고양이를 제
얼굴까지 쳐들곤 한다. 이렇게 자존심 상하는 상황에서도 불만 없이
지내는 고양이들도 있기 마련이다. 만약 재수 없게 그런 고양이를

만나게 되면 조심하라. 그런 고양이는 자기를 정당화하려고 애쓰면서 다시 밖으로 나갈 수만 있다면 더 바랄 게 없다고 말할 것이다. 하지만 속으면 안 된다. 그런 고양이는 집 안에 갇힌 채 절대 밖으로 못 나간다. 엄마에게 제대로 배운 고양이라면 집 안에 갇혀서 죄수처럼 지내는 것이 세상에서 가장 끔찍한 일이라는 사실을 잘 알 것이다. 혹시 그런 집에 들어가게 되면 재빨리 탈출의 기회를 찾아야 한다. 어느 고양이든 자기에게 어울리는 집이 있기 마련이니까.

인간 아이

인간 아이는 대체로 귀찮은 존재다. 인간 아이는 축복이 될 수도, 저주가 될 수도 있다. 인간 아이에 대한 판단은 고양이마다 다르겠지만 성가시더라도 참으며 기쁨을 얻을 것인가, 아니면 아예 아이가 없는 집을 고를 것인가 각자 판단해야 한다. 물론 집에 따라서 아이들은 제각각 다르기 마련이다. 가정교육이 얼마나 엄한가에 따라서도 다르고, 나이와 성별에 따라서도 다르다. 확실한 건 남자아이가 여자아이보다 나쁘다는 것이다. 아이가 있는 가정을 골랐다면, 갖가지 불편과 모욕을 감수해야 한다. 꼬리를 잡혀서

질질 끌려다니거나, 배를 잡혀 위로 들리거나, 무지막지하게 함부로
다뤄질 수도 있다. 얌전한 아이라면 점점 좋아질 수도 있다. 인간이
우리 고양이보다 열등한 존재임을 보여주는 특징들은 어른이 된
다음에 나타난다.

내가 강조하고 싶은 점은 아이에게서 확실한 사랑을 얻으면 온

가족의 극진한 보살핌을 받을 수 있는 보험을 드는 것이나 다름이 없다는 사실이다. 아이와 유대를 쌓으면 쌓을수록 좋다. 사실 인간의 집은 어른이 아니라 아이가 지배하고 있으니까. 놀랍지 않은가? 우리 고양이들은 상상도 못할 일이다. 우리 고양이는 아이가 잘못하면 엄마가 호되게 혼을 낸다. 그게 옳다. 하지만 인간은 자기 아이를 매우 겁낸다. 그래서 아이들은 버릇이 나빠지고 제멋대로 군다. 하지만 아이를 참을 수 있고, '귀염둥이 조니의 고양이'나 '예쁜이 메리의 고양이'로 불릴 수 있다면, 어떤 간섭도 받지 않고 자유롭게 지낼 수 있다. 물론 조니나 메리를 참아야 하지만.

여기서 한 가지 경고할 것이 있다. 아이에게 어떤 일을 당해도 절대로 물거나 발톱으로 긁어서 보복하면 안 된다. 장난으로도 인간 아이에게 상처를 내면 의심할 여지 없이 거리로 쫓겨나게 된다. 인간 가정에서 아이는 그만큼 귀한 존재다. 인간 아이가 고양이를 괴롭히는 이유는 고양이를 자기와 똑같은 인간 아이로 여기기 때문이다. 인간은 의인화를 즐긴다는 말, 기억하는가? 안타깝게도 일부러 잔인하게 구는 아이도 있다. 이런 아이가 있는 집을 어쩌다가 실수로 골랐다면 얼른 빠져나와야 한다. 아이가 잔인하다는 사실을 알고도 그 집에 그냥 머무르는 고양이는 인간을 접수할 자격이 없다.

혼자 사는 남자

혼자 사는 남자에 대해서는 할 말이 그리 많지는 않다. 혼자 사는 남자를 접수하려는 고양이는 그 남자의 습관과 특징을 철저하게 파악한 뒤에 결정해야 한다.

혼자 사는 남자에 대해서는 알려진 바가 많지 않다. 하지만 나이가 오십이 되도록 여자와 성공적인 관계를 맺지 못한 남자라면 문제가 있기 마련이다. 그러니까 고양이가 함께 살기에 적당한 인간이 아닐 수 있다. 반면, 이혼한 남자는 선물이나 다름없다. 여자가 성가셔서 이혼한 남자는 고양이를 아주 반기기 마련이다. 그래서 꽤 편안하게 살 수 있다. 게다가 부자에 가사 도우미까지 둔 사람이라면 더더욱 좋다.

혼자 사는 남자에게는 조심해야 할 단점도 있다. 술을 즐길 가능성이 꽤 높다는 사실이다. 술을 마시는 것은 인간의 결점 중에서도 아주 나쁜 쪽에 속한다. 부디 술 취한 인간을 겪는 고양이들이 없기를……. 인간은 술에 취하면 무책임해지고 자기가 무슨 짓을 하는지도 모른다. 술에 취한 사람은 집에서는 쓸모가 없고 밖에서는 망신거리다.

또 혼자 사는 남자는 괴상하거나 변덕스러울 수 있다. 두 경우 모두 고양이가 바라는 생활과 가정환경을 만드는 데 전혀 도움이 안 된다. 혼자 사는 남자들 대부분은 개를 더 좋아한다. 개는 어리석은 인간을 진짜로 숭배하고, 그 마음을 숨기지 못하는 것들이다. 혼자 사는 남자의 집을 고를 때에는 그 남자가 고양이를 개 취급하지 않게 조심해야 한다. 혼자 사는 남자들 중에는 고양이한테 목줄을 매고 끌고 다니는 놈도 있다. 자존심 있는 고양이에게는 정말이지 모욕이다. 나도 그런 남자를 한 명 알고 있다. 영화배우인데, 어디든 고양이를 데려갔다. 그의 차, 촬영장, 레스토랑……. 심지어는 밤늦게 열리는 파티와 기차와 비행기를 타야 하는 여행에도 말이다. 마치 그 고양이랑 결혼이라도 한 것 같았다. 사실 그 고양이도 그런 생활을 좋아했다. 나라면 1분도 못 참았을 텐데. 정말 자연스럽지 않은 일이다. 뭐, 그래도 예외는 늘 있기 마련이다. 그 고양이를 보면 알 수 있듯 선택은 어디까지나 각자의 몫이다. 그 고양이도 그런 생활이 싫었다면 벌써 도망쳤겠지.

이렇게 결론을 내리겠다. 혼자 사는 남자를 고르면 이런저런 사소한 불편을 각오해야 하지만, 적어도 심심하지는 않다.

③

재산 만들기

인간의 침대를 차지할까 말까는 각자 선택할 일이다. 침대와
고양이에 대한 인간의 반응을 보면 인간의 우유부단함을 또 한 번
확인할 수 있다. 나는 인간의 우유부단함을 반기면서도 때때로
'정말이지 왜 저럴까' 하고 놀라기도 한다. 무슨 말인가 하면,
인간은 고양이가 침대에 올라오지 않기를 바라면서도 한편으로는
올라오기를 은근히 바란다. 모순이라고? 그게 바로 인간이다.
침대는 좋은 잠자리다. 깨끗한 침구가 있으면 더욱 좋다. 우리
고양이는 어쩔 수 없이 침대에 털을 남기기도 하고, 잠결에 혹은
잠에서 깨어날 때 기지개를 펴느라 발톱으로 침구의 올이 나가게
하기도 한다. 그러면 인간은 고양이는 침대에 올라오지 말라는 새
규칙을 만든다. 그런데 종종 침대에 누워 고양이를 발치에 두거나
꼭 끌어안으려 한다. 인간 부부는 함께 침대에 있어도 외로운지
고양이를 옆에 두려고 할 때가 있다. 부부 중 한 사람이 집에 없어서

혼자 자야 할 때에도 고양이를 찾는다. 우리 고양이가 인간에게서
보금자리를 얻고 그들을 부릴 수 있는 이유가 무엇인지 아는가?
바로 인간의 외로움 덕분이다. 우리 고양이는 외로움을 쉽게 극복할
수 있다. 그냥 가만히 있거나, 벽난로 앞에서 졸거나, 앉아서 몸을
닦거나, 구석에서 조용히 놀기만 해도 외롭지 않다.

다시 침대 이야기로 돌아가면, 무엇보다 태도를 분명히 하는 것이
중요하다. 인간은 우유부단해서 결정을 못 내린다. 그러니까 인간의
침대를 차지할 것인가, 말 것인가는 고양이에게 달려 있다. 잠자리로
상자나 의자보다 침대가 더 좋다면 당장 침대에 자리를 잡으면
된다. 그러면 인간은 고양이가 자기랑 한시도 떨어지기 싫어한다고
생각해서 우쭐할 것이다. '우리 고양이는 항상 우리 발치에서 자.'
실컷 잔 뒤에 깨어나서 인간의 얼굴을 밟고 다니면 인간은 이런
자랑도 덧붙인다. '게다가 아침에 우리를 깨우기까지 해.'

침대를 점령하는 기술은 간단하다. 되풀이해서 말하지만, 때를 잘
맞추고 습관을 잘 들이면 된다. 아침과 저녁에는 침실에 있어야 한다.
그래야 인간이 부를 때 침대에 얼른 올라갈 수 있으니까. 이렇게
꾸준히 하면 인간은 으레 고양이가 침실에 있다고 여기게 되고,
그때부터는 문제될 일이 없다. 또 다른 방법은, 아침을 먹은 뒤에

침실로 가서 인간이 침대를 정리하기를 기다리는 것이다. 인간이
침대를 정리하자마자 침대 위로 올라가면 십중팔구 침대를 차지할 수
있다.

침대를 차지할 때에 조심할 점이 있다. 갓난아이가 있는 집에서는
아기 침대에 들어가면 안 된다. 아기 침대에서 자고 싶다는 눈치도
보여서는 안 된다. 절대로. 인간들 사이에 떠도는 소문이 있는데,
고양이가 아기 얼굴을 깔고 자는 바람에 아기가 질식해서 죽었다는
이야기다. 물론 말도 안 되는 소리다. 고양이가 사람 얼굴 가까이에서
잘 리 없지 않은가. 하지만 인간들은 자기들이 이야기를 지어내고는
그 이야기에 맞춰 산다. 거의 모든 면에서 그렇게 지어낸 이야기에
좌우된다. 그런 면은 우리 고양이가 이해하고 참을 수밖에.

의자

일단 인간 가정을 접수하고 나면, 가장 먼저 의자 하나를 독차지하고
싶을 것이다. 인간 가족이 고양이를 위해서 누구도 쓰지 않고 늘 비워
두는 의자 말이다.

의자를 독차지하려면 참을성과 끈기를 갖고 시간을 들여야 한다.

이른바 '가장'의 의자나 책상 의자나 식탁 의자 같은 실용적인
목적으로 쓰이는 의자나, 손님용 의자일 경우에는 특히 더 큰 노력이
필요하다.

독차지하기로 결정했다면 우선 그 의자 위에서 웅크리고 있거나 자는
척하면서 아주 많은 시간을 보낼 각오를 해야 한다. 인간들이 항상 그
자리에 있는 고양이의 모습에 익숙해져야 하니까.

인간은 습관의 동물인 데다가 무척 게으르다. 어떤 이야기를 계속 들으면 세뇌되어서 그 이야기를 믿고, 눈에 계속 보이는 것은 결국 기정사실로 받아들인다. 고양이가 의자에 있는 모습을 매일 보면, 그 의자를 자기 것이 아닌 고양이 것으로 믿게 된다.

하지만 이건 작전의 예비 단계에 불과하다. 고양이가 의자에서 쫓겨나지 않을 정도일 뿐이다. 고양이가 의자에 앉아 있지 않을 때에도 다른 누군가가 의자를 쓰지 않게 하려면, 더 공을 들여야 한다. 다음 단계는 인간을 훈련해서 그 의자 옆에 얼씬도 못하게 만드는 것이다. 그러려면 일주일쯤 철저히 감시해야 한다. 의자 근처에 있다가 누가 의자 쪽으로 가거든 뛰어올라서 먼저 의자에 앉는다. 일단 앉은 뒤에는 계속 자리를 지켜야 한다. 그 의자에 앉으려고 했던 사람의 눈길을 끌지 않도록 주의하면서 열심히 얼굴을 닦거나, 몸을 둥글게 말고 잠잘 자세를 취해야 한다.

이때에는 최대한 우아하고 귀여운 자세를 갖추도록 한다. 그래야 목적을 달성하기에 좋다. 한 발을 코 위에 올려놓거나, 다리를 맥없이 위로 올리고 발라당 눕는다. 이 두 가지 말고도 귀여운 자세들이 더 있는데, 뒤에 나오는 '태도와 자세' 장을 보면 알 수 있다. 귀여운 자세를 취하는 목적은 인간의 주의를 흐트러뜨려서 의자에 앉으려던 생각을 잊게 만드는 데 있다. 이 방법은 십중팔구 성공하기 마련이다.

귀여운 자세를 제대로 취하기만 하면, 인간은 의자를 잊어버리고
다른 식구들을 불러서 고양이를 보라고 법석을 떤다. 심지어
카메라를 가져오기도 한다. 그러고 나서도 앉고 싶다면 아마 다른
의자를 찾을 것이다. 이렇게 되면 인간의 말랑말랑한 머리에는 '저
의자는 고양이 것이야'라는 생각이 깊게 새겨지게 된다.
인간은 고양이가 동물이라서 의사소통을 할 수 없다고 생각한다.
이런 인간의 생각은 우리 고양이에게 큰 도움이 된다. 고양이가
원하는 바를 인간에게 알리는 데 성공하면, 인간은 엄청난
기적이라도 본 듯이 놀라고 아주 즐거워하며 고양이를 더 신뢰한다.
왜냐고? 그 이유는 나도 설명하기 힘들다. 뭐라고 꼬집을 수 없는
미묘한 요소들이 많다. 인간 가장이 고양이의 의자를 차지하고
앉았을 때, 고양이가 그 의자를 내놓으라고 인간에게 어찌어찌해서
알렸고, 다른 인간 식구들도 그런 고양이의 요구를 알았다고
가정해 보겠다. 인간 가장은 재미나 호기심에 정말 고양이가
그 의자를 바라는지 확인하려고 의자에 다시 앉는다. 고양이가
의자를 내놓으라는 반응을 또 보이면, 그 뒤로는 그 일이 즐거운
이야깃거리가 된다. 저녁을 먹으면서 이야기하고, 친구들과 모여서
고양이 이야기를 할 때에도 가장 먼저 꺼내는 자랑거리가 되는

것이다. 인간은 의자에서 쫓겨나고도 오히려 자랑스러워한다.
왜냐하면 자기 고양이가 이웃 고양이, 아니 그 어떤 고양이보다
영리하다는 사실만 중요하게 여기기 때문이다. 맞다. 그렇게
생각하도록 만들어야 한다. 그리고 그사이에 의자는 고양이 차지가
되는 것이다. 다른 식구가 그렇게 의자를 독차지하려 하면 혼이
나지만 고양이가 의자를 독차지하고 인간을 못 앉게 하면, 아주
영리한 고양이라는 사실을 알리는 셈이다. 뭐, 우리 고양이가 영리한
건 사실이지 않은가.

가끔 찾아오는 손님들은 골칫거리다. 손님들은 누가 의자의 주인인지
모른다. 주인이 손님에게까지 의자를 고양이에게 양보하라고
말하기는 난처한 일이다. 이럴 때 우리 고양이가 주인을 조금 도우면
쉽게 해결할 수 있다.

손님이 고양이 의자에 앉았을 때 고양이가 나서서 못마땅하다고
알려야 한다. 방법은 많다. 조용히 앉아서 그 손님을 뚫어지게
보거나 발을 뻗어서 무릎에 발톱을 박는다. 아니면 그 손님의 무릎에
뛰어오르거나, 의자 옆에 남은 좁은 공간이라도 비집고 들어가서
여봐란듯이 앉아 있는다. 초대를 받아서 온 손님은 대개 좋은 옷을
입고 오기 마련이니 고양이 털을 묻히지 않으려고 피하기 마련이다.

고양이를 아주 싫어하는 사람도 있을 수 있다. 어떻든 손님은
고양이를 들어서 바닥에 내려놓는다. 그러면 다시 뛰어 올라가면
된다. 그쯤 되면 집안 식구 중 누가 이렇게 말하게 되어 있다.
"어쩌나, 우리 고양이 의자에 앉으셨네요."
아마도 손님은 바지나 치마에 불이라도 붙은 듯 펄쩍 일어서서
몰랐다고, 미안하다고 웅얼거리며 다른 의자에 앉을 것이다. 그러면
집주인이 푸념하듯 말한다.
"고양이를 키운 뒤로 고양이가 주인이에요. 우리는 얹혀 살아요."
아주 바람직한 반응이다. 인간 가족이 고양이에게 완전히 굴복하고,
그 굴복을 오히려 즐기고 있다는 뜻이다.
만약 그래도 먹히지 않는다면 마지막 방법이 하나 있는데, 글쎄,
말하기가 조금 꺼림칙하다. 아주 꼴사나우니 정말 마지막 수단으로
써야 한다. 어쨌든 자신이 아주 대단한 존재인 양 착각하는 손님도
있고 멍청한 손님도 있다. 또 너무 수줍거나 공손해서 손님에게
비키라는 말을 못하는 주인도 있다. 그렇다고 의자를 포기할 수는
없지 않은가? 이 의자가 앞으로 영원히 고양이 것이라는 사실을
확실히 해두지 않으면 그 자리뿐 아니라 다른 것에도 밀려날 수
있다. 그래서 어쩔 수 없이 최후의 방법을 써야 할 때도 있다. 절대

실패하지 않는 방법이다. 우선 손님 발치에 가만히 앉는다. 발도 몸 밑에 숨기고 아주 조용히 앉아 있어야 한다. 그리고 방귀를 뀐다. 곧 손님은 의자에서 일어나 창가로 가거나 건너편 소파에 앉을 것이다. 그러면 이제 의자에 올라가서 아무 일 없었다는 듯 몸을 핥은 뒤에 둥글게 몸을 말고 편히 쉬면 된다. 집 식구들은 방귀 냄새에 아무 말 없을 것이다. 이제 고양이 방귀도 자기들 방귀처럼 여길 테니까.

그 밖의 장소와 물건들

인간에게 남다르고 특별한 고양이로 보여서 좋은 이야깃거리나 독특한 사진으로 남을 수 있어야 한다. 이 전략을 터득한 뒤에는 집 안의 어떤 장소나 물건이나 원하는 것은 모두 다 차지할 수 있다. 못마땅한 것이나 참기 힘든 것이 있을 때에는 그것을 치우게 만들 수도 있다.

예를 들어 인간이 상자로 고양이 침대를 만들었다고 치자. 편안하고 잘 만든 침대라면 기꺼이 받아들인다. 괜찮은 물건에 공연히 까탈을 부리면 좋을 일이 없다. 게다가 인간은 자기가 만든 것을 고양이가 받아들이면 자기가 고양이에게 기쁨과 만족을 주었다는 사실에

들떠서 좋아하기 마련이다.

하지만 마음에 들지 않는 상자 침대라면 손도 대지 말아야 한다. 가까이 가지도 말기를. 인간이 억지로 상자 침대에 집어넣어도 얼른 빠져나온 뒤 빨래 바구니 안에서 졸거나 손수건이나 속옷이 들어 있는 서랍을 차지하도록 한다. 싫다는 표현은 분명하게 드러내야 한다. 서랍에 들어가는 방법은 꽤 효과적이다. 사람들은 그 모습을 사진 찍어서 주위에 자랑하거나 재밌게 이야기할 테니까.

명심할 것이 하나 더 있다. 적당한 물건을 골라서 장난치면 사람들은 고양이가 귀여워서 어쩔 줄 모른다. 예를 들어 슬리퍼를 가지고 놀거나 질겅질겅 씹어도 좋다. 스웨터 위에 눕는 것도 좋다. 인간이 아끼는 옷이어도 괜찮다. 인간은 아끼는 옷을 고양이가 망치면 오히려 더 우쭐대며 좋아한다. 고양이가 자기를 좋아하기 때문에 옷까지 알아본다고 생각하기 때문이다. 참 우습지 않은가?

동물병원 가기

집을 접수하는 방법을 다루는 책에 썩 어울리지 않는 주제이기는
하다. 하지만 동물병원도 인간과 함께 사는 생활의 한 부분이다.
인간의 집을 접수하는 데 성공했는가의 여부는 인간과 맺은 관계를
기준으로 판단할 수 있다. 인간과 함께 지내면 동물병원에도 꼭 가게
될 테니, 동물병원에 대한 충고는 그만큼 꼭 필요하고 도움이 된다.
인간은 스스로 우리 고양이보다 똑똑하다고 뻐기지만, 그 잘난
것들이 의외로 병을 달고 산다. 감기에 걸리고, 두통과 복통에
시달리고, 이상하고 지저분한 만성질환에 고생하고, 다리나 팔이
부러지고, 살갗을 베이거나 멍이 든다. 그럴 때면 대개 인간은
이런저런 병원으로 달려간다. 인간의 몸에는 별별 일이 다 생기니 몸
곳곳마다 병을 치료하는 의사가 따로 있다. 심지어는 아프지 않을
때도 아프다고 생각하며 시간을 보내기까지 한다.
우리 고양이는 여간해서 아프지 않다. 만약 아프면 우리들만 아는

곳으로 가서 약초를 먹고, 싸우다가 상처가 생기면 혀로 핥으면
그만이다.

하지만 인간 대부분은 우리 고양이를 동물이 아닌 사람으로 생각하기
때문에 고양이의 병도 갖가지로 만들었다. 겨울에는 집에 난방을
지나치게 해서 덥고 여름에는 에어컨을 지나치게 틀어서 춥고 거리는
지저분하니, 전에 없던 환경을 견디느라 우리 고양이들도 없던 병이
생길 만하다. 만약 콧물을 흘리거나 재채기를 하거나 미친 듯이
집을 어지르는 대신 종일 누워 있으면, 인간은 우리를 동물병원으로
데려간다.

아, 착각하면 안 된다. 내가 하고자 하는 말은 동물병원에 가지
않겠다고 버티거나, 외출용 바구니가 보이고 동물병원에 끌려갈
것이라는 직감이 들면 달아나서 숨으라거나, 동물병원에 도착한 뒤에
인간이 아무것도 못하게 법석을 떨라는 이야기가 아니다. 조용히
따라가고, 동물병원에 도착한 뒤에는 착하게 굴어야 한다. 믿거나
말거나 수의사는 세상에서 가장 친절한 사람이다. 부득이한 사정이
아니면 고양이를 아프게 하지 않는다. 그러니 난리를 피우면 아무
이득도 없다. 게다가 수의사는 감정적이지 않다. 고양이에 대해서 알
만큼 알고 있다는 말이다. 고양이가 수의사의 말을 안 들으면, 결국

수건에 싸이거나 끈에 묶일 뿐이다. 정말 체면을 구기는 일이다. 인간
가족에게 부끄러운 일이기도 하고.

보통 아주 어릴 때 처음으로 동물병원에 가게 되기 마련이다.
예방접종 때문이다. 나도 그랬다. 인간은 갖가지 병을 안고 살아서
그 병을 고치거나 예방하는 방법도 많이 알고 있다. 물론 예방접종이

즐거운 일은 아니다. 주삿바늘은 따끔하고 주사를 맞은 뒤에는
이틀쯤 몸도 무겁다. 하지만 견딜 수 없을 만큼 힘들지는 않다. 병원
냄새, 흰 침대, 눈부신 전등, 흰 가운을 입은 낯선 사람, 주삿바늘 등에
겁먹겠지만 같이 사는 남자나 여자가 옆에 있으니 조금이라도 생각이
있는 고양이라면 아무 일 없을 것이라고 안심할 수 있다.

영리한 고양이라면 첫 방문에 너무 놀라지 않을 것이다. 다시는 안
가겠다고 고집을 부리거나 수의사가 손댈 때마다 병원이 떠나갈
듯 소리소리 지르면 안 된다. 약을 조금 먹는다고 해서 해로울 일은
없다. 게다가 약은 부족한 것보다 많은 것이 낫다. 적절한 때 병원에
간 덕분에 아직까지 살아 있는 고양이도 많으니까. 그렇게 병원 덕을
본 고양이가 얼마나 많은지 어린 고양이들은 상상도 못 할 것이다.

나와 함께 사는 인간 남자는 동물병원에 갈 때면 항상 내 옆을 지킨다.
우리 집 남자는 나를 너무 아껴서 내가 조금이라도 이상한 증상을
보이면 지나치게 예민해져 동물병원으로 나를 데려간다. 수의사는
별다른 치료도 하지 않고 식단을 바꿔보라는 말만 한다. 그래도 우리
집 남자는 기꺼이 10달러나 되는 진료비를 낸다. 그래서 지금 며칠째
음식을 달리 먹고 있기는 하지만.

동물병원에서 부수적으로 얻는 재미도 있다. 그게 뭐냐면,

대기실에서 재미있는 고양이와 인간을 많이 만날 수 있다는 것이다.
동물병원에 가는 과정 전체를 흥미로운 모험으로 여기면 된다.
치료가 다 끝나면 인간 남자는 자기가 아버지 역할에 충실하고
신처럼 전능하다는 생각에 흐뭇한 표정을 짓기도 한다.
살다 보면 정말 아파서 힘들 때도 있다. 그런 때는 동물병원에
다녀오면 아주 빨리 낫는다. 인간의 집을 접수할 만큼 영리한
고양이라면 동물병원도 슬기롭게 이용해야 한다. 이것이 내가 똑똑한
고양이에게 전하는 충고다.

음식

지금 먹고 싶은 게 무엇인가? 가장 좋아하는 음식은? 게살 통조림, 아니면 살아 있는 게? 도버산 가자미 아니면 유럽산 가자미? 소간, 닭 간, 송아지 콩팥? 청어 알, 연어 알, 철갑상어 알? 방법만 제대로 알면 뭐든 다 먹을 수 있다. 물론 모두 비싼 음식이다. 하지만 인간도 먹는데 고양이가 왜 못 먹겠는가.

예를 들어 닭 간을 먹던 고양이라면 송아지 간도 꼭 맛보아야 한다. 더 좋은 것도 있다. 그걸 먹으면 닭 간은 입에도 대기 싫을 것이다. 바로 거위 간이다. 프랑스에서 들여오는 음식인데 '푸아그라'라고 부른다. 둥근 깡통에 담겨 있으니까 딱 보면 알아볼 수 있다. 철갑상어 알 다음으로 비싼 음식이다. 한번 맛보면 다른 간에는 눈길도 주지 않을 것이다.

하지만 이 맛있는 음식들을 쉽게 얻을 수는 없다. 아니, 그런 음식이 고양이 그릇에 그냥 담길 리 없다! 그런 음식은 하나하나 투쟁해서 얻어야 한다. 쉽지 않은 일이다. 게다가 투쟁하는 과정에서 배고프고 비참해질 수도 있다. 하지만 내가 장담하는데 함께 사는 인간을 잘 파악하고 굳게 마음만 먹는다면 결국 얻어낼 수 있다.

물론 처음에는 어떤 상황에서 비싼 음식을 얻을 수 있는지 알아채기 힘들다. 인간마다 다르기 때문이다. 〈고양이를 키우는 법〉 같은 책을 사서 읽는 부부가 최악이다. 하지만 이런 부부와 함께 살고 있다고 해도 걱정할 필요 없다. 그런 사람을 다루는 법도 따로 있다. 내가 이 책을 쓰게 된 이유도 그런 비법을 고양이들에게 널리 알리기 위해서니까.

이 책에 실린 규칙과 가르침을 제대로 지킬 만큼 심지가 굳은 고양이라면 아주 좋은 결과를 얻을 수 있다. 〈고양이를 키우는 법〉 같은 책을 읽은 사람이라도 틀림없이 이렇게 말한다.

"어머! 책이 잘못됐나 봐. 우리 고양이는 다르잖아."

우리 고양이는 인간이 읽는 책 같은 것으로 획일화될 수 없다. 그래서 인간은 우리를 신비롭게 여긴다. 그 점을 명심하길 바란다. 그리고 이 책을 읽은 고양이라면 더더욱 신비한 존재가 될 수 있다.

먹을 것을 두고 가장 다루기 쉬운 인간은 '무식한 인간'이다. 고양이에 대해 아무것도 모르는 무식한 인간은 고양이한테 압도되기 마련이다.

그러니까 아예 처음부터 잘 교육해서 바라는 바를 그때그때
알아채도록 만들어야 한다. 인간은 흔히 고양이가 우유를 좋아한다고
알고 있다. 그러니까 우유를 얻기란 힘들지 않다. 우유가 아니라
크림을 더 좋아한다면? 앞으로 설명할 방법을 이용하면 인간이
크림을 먹기 전에 고양이 우유 위에 크림을 올려놓을 것이다. 하지만
우유나 크림이 아니라 씹는 음식의 경우에는 상황이 조금 달라진다.
인간은 우리 고양이가 바라는 바를 모르고 온갖 잘못된 방법을
찾는다. 자기 그릇에 남은 음식을 박박 긁어서 고양이에게 주는
인간도 있다. 아주 역겨운 짓이다. 이런 행동은 인간 스스로가 알아서
그만두기 마련이다. 고양이 사료 통조림을 종류마다 내놓는 인간도
있다. 고양이 사료라니! 그 쓰레기를 먹고 좋아하는 고양이도 있다.
하지만 이 책을 읽은 고양이라면 그래서는 안 된다.
무식한 인간은 뭐든 배우려고 열심이다. 그래서 다루기가 더욱 쉽다.
가령, 무식한 인간이 고양이에게 음식을 내놓은 뒤 선심을 베푼
양 흐뭇한 표정으로 옆에서 지켜보고 있다고 치자. 그러면 일단
다가간다. 음식 여기저기에 코를 대며 냄새를 한두 번 맡는다. 맛있는
구석이, 아니, 먹을 만한 구석이 조금이라도 있는지 살피는 척하는
것이다. 그다음에 인간을 잠시 똑바로 바라본다. 소리 내서 울지

않아도 된다. 표정으로 확실히 드러내면 되니까.

'설마 나더러 이걸 먹으라고?'

그리고 음식에서 물러나서 구석으로 가거나, 내 것으로 만들려고 시도 중인 의자 위로 올라간다.

무식한 인간은 다시 구슬릴 것이다. 그렇다면 따라가면 된다. 따라가는 것까지는 좋다. 잘 협조하겠다는 모습을 보여야 한다. 하지만 음식 앞에서는 아까와 똑같이 되풀이한다. 그렇게 반복하면 인간에게 '모든 일에 잘 협조하겠지만, 이 음식은 도저히 못 먹겠어'라는 뜻을 확실하게 전달할 수 있다. 그래서 인간이 혼란을 느끼게 만들어야 한다. 인간은 '고양이가 배고프지 않은가 봐' 하고 접시를 그냥 둘 수도 있다. 그때도 당연히 음식에는 입도 대면 안 된다. 대여섯 시간이 지나면 인간은 걱정하기 시작한다.

이쯤 되면 인간은 정어리 통조림을 딸 것이다. 정어리 통조림이라……. 가끔 별식으로는 괜찮지만 계속 먹을 수는 없지 않은가? 반만 먹고 남긴다. 썩 달가운 음식은 아니라는 점을 보여주는 것이다. 하지만 좋아하는 음식이 뭔지 빨리 인간에게 알리겠다고 마음을 굳게 먹은 고양이라면 정어리 통조림을 아예 건드리지 말아야 한다. 이제 인간은 정말 걱정하며 문제를 해결하려고 집에 있는 통조림을 따기 시작할 것이다.

새우, 일본산 게, 메인산 바닷가재 꼬리, 철갑상어 알, 푸아그라, 안초비…… 그다음에는 마음에 드는 음식을 골라서 주된 요리로 정하면 된다. 이 방법을 쓰면 고기와 생선도 취향대로 먹을 수 있다. 다진 날고기? 버터에 구운 것? 정육점에서 고양이용으로 특별히 다듬은 고기? 뼈가 있는 채? 뼈를 바르고? 이렇게 세세한 것까지 얼마든지 인간에게 알릴 수 있다. 모두 고양이에게 달린 일이다. 이때쯤 인간은 고양이가 먹는다는 사실만으로도 아주 감격할 테니까 말이다.

다음은 고양이에 대해서 조금 아는 체하는 인간이나 앞서 말한 고양이 책을 읽은 인간을 다루는 법을 알아볼 차례다. 이런 인간은 다루기 힘드니까 마음을 단단히 먹어야 한다.

사실 고양이들도 정말 배가 고프면 뭐든 고맙게 먹는다. 그건 우리 모두 아는 사실이고, 고양이의 습성에 대해 조금이라도 아는 인간들도 잘 알고 있는 사실이다. 게다가 잘난 체하며 그런 책을 쓴 인간은 우리 고양이가 한동안 먹지 않아도 아무 탈 없이 견딜 수 있다는 사실을 공공연히 밝혀놓았다. 그런 책에는 이런 대목도 있다.

고양이가 편식을 못 하게 하라. 건강에 나쁘지 않고 괜찮은
먹이인데 고양이가 먹지 않는다면 이틀이나 사흘, 아니 필요하다면
나흘이나 닷새까지 굶긴다. 이틀이면 어떤 고양이든 제정신으로
돌아오기에 충분하다. 처음에 버릇을 단단히 들이면 그 뒤로는
고생하지 않아도 된다.

저 마지막 문장을 눈여겨보라. 그 말은 사실이다. 물론 인간이 아닌
우리 고양이가 처음에 인간의 버릇을 단단히 들여야 한다.
인간의 버릇을 들이는 방법은 많다. 가장 간단한 방법은 가까운
쓰레기통에서 영양을 섭취하는 것이다. 그러면 음식을 안 먹은
척하면서 버틸 수 있다. 단, 집 밖으로 나갈 수 있는 고양이만 이
방법을 쓸 수 있다. 다른 방법으로는 아주 조금씩 먹으면서 장기전을
벌이는 것을 꼽을 수 있다. 그렇지만 이 방법은 근본적으로 지는
것이나 다름없고, 정신 건강에도 해롭다.
세 번째 방법이 있는데 아주 유용하지만 추천하고 싶지 않다. 며칠
동안 음식을 거부한 뒤에 인간이 주는 음식을 뭐든 먹고 곧장 바닥
깔개 위에 토하는 것이다. 이렇게 하면 음식이 입에 맞지 않는다는
사실을 확실히 드러내고, 인간의 방법을 비난할 수 있다. 다시

말하지만 이 방법은 추천하고 싶지 않다. 마음이 여린 인간에게는
먹히지만, 거칠고 단호한 인간이나 깔개를 좋아하는 인간이라면
우리를 현관문 밖으로 영원히 쫓아낼 수도 있다.
성공할 확률도 높고 쓸 만한 방법은 그저 뚝심으로 밀어붙여서
인간을 이기는 것이다. 무조건 거절하고 또 거절하고 또 거절하라!
반쯤 죽을 지경이 될 때까지 먹지 않는 것이다. 몸무게가 빠지면
실제보다 많이 아픈 척할 수도 있다. 인간은 기본적으로 우리보다
훨씬 약하다. 명심하라. 우리 고양이는 오천 년 넘게 변함없이
살아남은 종족이다. 우리 고양이는 인간이 있기 전부터 존재했다.
그리고 마지막 인간이 지구에서 사라진 뒤에도 우리는 여전히
고양이로 남아 있을 것이다.
이 싸움의 목적을 잊으면 안 된다. 인간이 준비한 음식을 거절하는
단순한 실랑이에 그치면 안 된다. 인간의 기를 완전히 꺾어서
인간으로 하여금 맛있는 통조림을 따게 만들어야 한다. 싸움이
길어질수록 고양이가 이길 확률은 높아진다. 남자와 여자가 함께
사는 집은 항상 둘로 나뉠 여지가 있으니 인간 남자와 인간 여자가
서로 싸우게 만들어야 한다. 그 방법은 앞서 말했으니 기억하리라
믿는다. 혼자 사는 남자나 여자와 사는 고양이라면 이용할 수 없지만

부부라면 가능하다. 처음에는 두 사람이 한편이 되어서 고양이의
기를 꺾으려 들 것이다. 하지만 어느 시점이 지나면, 이 문제와 전혀
관계없는 이유로 서로에게 짜증이나 화가 났을 때 고양이를 이용해서
화풀이한다. "저 불쌍한 고양이를 굶겨 죽일 생각이야?" 혹은 "문제는
당신이랑 저 책이야. 고양이 길들이기? 빌어먹을 책 같으니. 저
고양이 표정 좀 봐. 더는 못 참아. 먹이를 주든가 아니면 내버려!"
여기까지 왔으면 이제 인간이 찬장에서 맛있는 통조림을 가져오는
일은 시간문제다.

인간은 이 싸움에서 지더라도 결국에는 우리 고양이에게 고마워한다.
인간 스스로는 깨닫지 못하지만 이 싸움에는 고양이에게 유리한
요소가 있다. 인간이 친구들과 만나서 자기 고양이가 특별하다고
자랑할 이야깃거리가 생기기 때문이다.

"우리 고양이는 캐슈너트를 뿌린 홍합 구이만 먹어."

"호호, 그 정도 가지고 뭘. 우리 고양이는 체코산 버터에 살짝 구운
알래스카산 킹크랩 집게발만 먹어. 거기에 프랑스산 안초비도 꼭
올려야 해."

인간이 이렇게 서로 경쟁하며 자랑하는 자리에서 최고가 되려면,
자기 고양이가 더 복잡한 음식을 요구해야 한다. 그래서 인간은

고양이가 복잡한 음식을 요구할수록 더 고마워하고 새로운 별미를 고양이에게 준다. 음식에 있어서는 완전히 승리를 거둬야 한다. 절대로 대충 넘어가면 안 된다.

6

식탁에서 음식 받기

함께 사는 인간이 식탁에서 밥을 먹을 때 고양이에게도 그 음식을
내주게끔 만들려면 직접 행동으로 표현하는 과정이 필요하다.
인간은 대개 고양이와 같이 산 지 얼마 안 되었을 때 규칙들을 만든다.
그리고 보통은 인간 남자가 여자와 아이들에게 선포한다.
"식탁에서 고양이에게 먹을 것을 주지 마. 절대 안 돼!"
인간 남자가 보지 않을 때 여자와 아이들에게 애교를 부리면 되지
않느냐고? 아니, 절대 그래서는 안 된다. 이때 고양이는 인간 가족
사이에 말싸움이 일어나도록 분위기를 만들어야 한다. 인간 남자를
직접 공략해서 일단 남자의 기를 꺾어 남몰래 음식을 내놓게 만든다.
그다음에 남자의 행동을 아내와 아이들에게 들키게 만들면 그런
규칙은 아예 없던 일이 된다.
규칙이 선포된 직후에 바로 애원해서는 안 된다. 그러면 인간 남자의
화를 돋워서 결국 식탁에서 쫓겨나고 인간들이 밥 먹을 동안 갇혀

있게 된다. 처음에는 인간 남자의 말을 순순히 따르는 척한다.
인간들이 먹고 있는 곳에서 멀찍이 떨어져서 구석에 엎드려 있거나,
귀퉁이에 놓인 의자에 웅크려 앉는다. 인간 남자는 고양이가 자기
명령을 잘 알아듣고 복종한다고 생각할 것이다. 그러면 인간 남자는
우쭐한다. 자신이 신 같다고 느끼면서 허황된 만족에 빠진다.
그러다가 어느 날, 인간 가족이 저녁을 맛있게 먹고 인간 남자의
기분이 좋아 보일 때 구석이나 의자에서 빠져나와 식탁 밑으로 간다.
그리고 남자의 발목에 살살 머리를 비빈다. 십중팔구 남자는 자기도
모르게 손을 내려서 고양이의 머리를 쓰다듬거나 턱을 긁을 것이다.
인간 남자에게 아부한다고 생각하면 간단하다. 할 수 있으면 남자의
손가락도 몇 번 핥는다. 그러면 다음 단계로 갈 준비를 더 확실히 다질
수 있다.
이제는 다른 가족 몰래 아주 조용히 식탁 밑에서 나와 남자의 의자
옆에 앉는다. 그리고 남자를 뚫어져라 바라본다. 아직 다른 행동은
필요 없다. 달라고 조르지도 않았고, 남자의 권위를 깎아내리지도
않았기 때문에 남자는 신경 쓰지 않을 것이다. 자신이 정한 규칙이
깨지지 않았으니 말이다.
그냥 친근하게 굴기만 하면 된다. 인간 남자가 가족 중에서 자신만

고양이에게 각별한 사랑을 받고 있다고 느끼게 만드는 것이다. 그렇게 느끼게 만드는 것이 얼마나 유용한지는 앞에 서도 여러 차례 이야기했다.

다음 순서는 적절한 때와 음식을 고르는 것이다. 인간 남자가 먹는 음식 중에서 특히 향기롭고 맛있어 보이는 것을 고른다. 그리고 남자가 다정하게 내려다볼 때 소리 없이 운다.

소리 없이 우는 것이 출발로는 최고다. 그것만으로도 즉시 효과를 얻을 때도 있다. 금방 효과를 얻지 못해도 괜찮다. 단, 소리를 내지 않는다는 것이 중요하다. 소리가 없으니 다른 가족에게는 들키지 않고 남자가 체면을 구길 일도 없다.

남자는 이제 고양이의 뜻을 알아챌 것이다. '고양이가 내 음식이 먹고 싶은데 귀찮게 굴지는 않는구나'라고 생각하고 둘만의 작은 비밀에 으쓱한다.

서두르면 안 된다. 기다려야 한다. 인간 남자를 닦달하면 얻는 것보다 잃는 게 많다. 남자와 눈길이 다시 마주쳤을 때, 한 번 더 간절하게 애원하듯 소리 없이 운다. 그리고 남자의 반응을 눈여겨본다. 만약 남자가 갑작스레 아내와 아이들에게 뜬금없는 이야기를 시작하면 남자가 고양이의 뜻을 알아채고 마음이 흔들린다는 증거다.

이제 가장 힘들고 어려운 일이 남았다. 일어나서 식탁을 떠나 의자로
돌아가야 한다. 맛있는 간식을 포기하라는 게 아니다. 장담하는데,
그만한 가치가 있다. 게다가 그 음식이 그날만 나오는 건 아니니까.
지금은 인간 남자가 스스로를 아주 한심한 놈으로 여기게끔 만들어야
한다. 남자는 이렇게 생각할 것이다.

'고양이가 분명히 음식을 바라는 눈치였잖아. 내가 자비로운
아버지라면 고양이에게 음식을 줬어야지. 그런데 거부했어. 내가 왜
자비로운 아버지의 자격을 뿌리쳤을까? 법칙을 지키려고? 도대체
그 법칙을 누가 만들었지? 바로 나, 신과 같은 내가 만들었지. 내가
신이면 신은 마음대로 할 수 있고 내가 만든 법칙도 맘대로 없앨 수
있잖아.'

이제 남자가 마음속으로 갈등하며 흔들리기 시작하고 남자의 결심이
허물어지는 모습이 보이지 않는가?

다음 단계로 가기 전까지는 며칠 더 기다려야 한다. 닭이나
칠면조같이 특별히 맛있는 음식이 나올 때까지 기다리는 것도 좋다.
물론 이런 특별식이 나오는 집이니까 우리가 접수하려고 애쓴다는
가정에서 하는 말이다.

두 번째에도 처음과 같이 행동하면 된다. 남자 옆에서 한두 번 소리

없이 울며 남자가 전처럼 갈등하게 만든다. 반응이 없으면 발로
남자의 무릎이나 팔꿈치를 슬쩍 쓰다듬는다. 단, 반드시 발톱을
안으로 넣어야 한다. 사소한 부주의로 이 단계에서 일을 망치는
고양이도 있다. 다리를 발톱으로 긁었다가는 고함밖에 돌아오지
않는다.

"빌어먹을 고양이. 그만두지 못해? 안 돼! 저리 가!"

하지만 부드럽게 살짝 쓰다듬으면, 인간 남자와 고양이 사이의
비밀이 훨씬 깊어질 수 있다. 남자는 고양이의 나긋나긋한 모습에 그
금지 조항이 너무 지나치다고 생각할 것이다.

'내가 이 고양이를 얼마나 더 고문해야 하지? 우리는 이렇게 다정한
친구인데.'

여기까지 잘 마쳤으면 결과를 기다려야 한다. 남자의 눈에 은밀한
눈빛이 떠오를 수도 있다. 남자는 다른 식구들이 뭘 하는지 식탁을
둘러본 뒤, 공연히 크게 말하거나 아이의 밥상머리 태도를 나무라며
주의를 다른 곳으로 돌려서 몰래 고양이에게 음식을 줄 것이다.

하지만 이 은근한 방법이 실패할 수도 있다. 남자의 성격이 굳건해서
아직 항복하려 들지 않는다면 마지막 작전에 돌입해야 한다. 소리
없이 울지도 말고 쓰다듬지도 말아야 한다. 앞에서도 말했지만

인간과 싸울 때 반복은 도움이 안 된다. 같은 일을 반복하면 인간의
짜증만 돋울 뿐이다. 이제 남자의 발치, 눈에 띄는 자리에 조용히
앉아서 접시에서 입으로 오가는 포크의 움직임을 눈과 머리로
따라가자. 눈만 따라가면 안 된다. 고개까지 박자에 맞춰 획획 돌려야
한다. 그러면 남자는 금방 알아챌 것이다.

이 방법이 실패했다는 이야기는 들은 적 없다. 왜냐고? 남자는 이렇게
생각할 것이다.

'고양이는 우리 둘만의 비밀이라는 듯이 자신이 바라는 바를 소리
없는 울음으로 조용히 나에게 알렸어. 그리고 은밀하고 은근하게
나를 쓰다듬어서 더 못 참겠다고 알리기도 했어. 내가 거부하자
체념하고 받아들이고는 있지만, 인간보다 못한 존재여서 어쩔 수
없이 저렇게 또 자기 바람을 드러내고 있군.'

하나 둘, 하나 둘. 접시에서 입으로, 또 접시에서 입으로. 획획
돌아가는 고개, 애원하는 눈빛……. 인간이라면, 적어도 고양이와
한집에 사는 불편을 기꺼이 감수하는 사람이라면, 남자는 이제
이렇게 생각할 것이다.

'나는 인색하고 못되고 탐욕스러운 구두쇠가 아닐까. 정말 돼지 같은
놈이야. 저렇게 자그마하고 연약한 고양이가 나한테 이렇게 애원하고

있는데, 그깟 음식 한 조각이 뭐 그리 대수라고 모른 체하다니. 이 불쾌하고 불편한 기분에서 벗어나는 방법은 아주 간단한데…….'
그래! 지금! 남자는 아무에게도 들키지 않고 접시 가장자리에서 뭘 뜯어서 손으로 감싸 쥐고 다가온다. 가까이, 더 가까이……. 이때 이성을 잃고 바보같이 굴면 일을 망칠 수 있다. 그 음식을 잡으면 안 된다.

지금이 가장 세심하게 주의를 기울여서 요령을 발휘해야 할 때다. 남자의 손가락에서 살며시 음식을 받자마자 식탁 밑으로 들어간다. 그리고 게걸스럽게 먹지 말고, 소리 내서 씹지도 말고, 입맛을 다시지도 말고, 음식을 조용히 옆에 둔다. 음식을 준 남자는 순간적으로 후회할 수도 있는데 조용히 있는 고양이를 보면 자기가 만든 규칙을 위반한 사실을 들켜 체면을 구기는 일은 없겠다고 믿는다. 심지어 잘 협조하는 고양이에게 고마워하기까지 한다. 이렇게 남자가 고양이에게 음식을 준 자신의 모습에서 전지전능한 박애주의자가 된 느낌을 얻었다면, 이후부터 남자는 고양이에게 음식을 내밀 수밖에 없다. 매번 조금씩 더 쉽게 손을 내밀고 점점 조심성을 잃게 될 것이다. 만약 남자 스스로 들킬 일을 만들지 않으면 고양이가 직접 나서도 좋다. 남자에게 받은 음식을 모두가 볼 수 있는 곳으로 가져가서 소리를 내며 먹는다. 그러면 곧장 아내의 성난 목소리가 들릴 것이다.

"여보! 고양이한테 음식을 줬어?"

하지만 그때는 이미 남자가 이중생활에 깊이 빠져서 고양이에게 음식을 주는 습관을 버릴 수 없을 테니 별 문제가 되지 않는다. 남자는 그저 겸연쩍게 웃으며 바보같이 대답할 것이다.

"맛만 조금 보여 줬어" 혹은 "배고파 보여서……." 혹은 "어때? 내 고양이인데."

이제부터는 온 식구에게서 음식을 받을 수 있다.

태도와 자세

완벽하게 집을 접수하려면 태도도 중요하다. 태도, 자세, 표정,
동작, 용모, 이 모두를 통틀어 몸가짐이라고 한다. 우리 고양이는 늘
아름답고, 매혹적이고, 멋지고, 매력적이고, 애교스럽고, 재미있고,
귀엽고, 상냥하고, 사랑스럽고, 예뻐야 한다.

앞서 '의인화'라는 단어를 언급했다. 태도를 얘기할 때 '의인화'만큼
중요한 건 없다. 인간들은 우리를 고양이로 생각하지 않고, 다리가 네
개 달리고 털이 많은 인간, 약간 신비로운 인간쯤으로 여긴다.
가능하면 인간이 계속 그렇게 여기게 만들어야 한다. 인간이
고양이를 고양이가 아닌 존재로 생각할수록 우리 고양이의 실체와
비밀을 들킬 위험이 줄어든다. 물론 갓난아이 취급을 받는 지경에
이르면 곤란하지만 어쨌든 인간의 머릿속에 고양이가 가족의
일원이고 다른 식구들과 동등하게 대해야 하는 존재라는 생각을
심어야 한다. 일례로 인간은 아주 잘 먹으면서 지낸다. 늘 배불리 먹고

맛있는 것도 자주 먹는다. 인간들끼리 음식을 먹을 때도 고양이를
애완동물이 아닌 식구로 여기게끔 만들어야 한다. 인간 가족 중
하나가 '고양이도 같이 먹어야지'라고 말하도록 말이다.

인간은 고양이의 표정을 전혀 다르게 해석하기도 한다.

'고양이가 미소 짓네, 웃네, 찡그리네, 걱정이 있나 봐, 생각하네, 기분
나쁜가 봐, 뭘 기억하려고 하나 봐……'

공기를 들이마시려고 입을 벌리면 미소 짓는다고 하고, 하품을 하면
크게 웃는다고 하고, 잠시 소화가 안 돼 얼굴을 찌푸리면 화난 줄
안다. 뭐, 상관없다. 인간이 그렇게 생각하는 것이 우리 고양이에게는
더 좋은 일이다.

우리 고양이는 가장 우아한 동물이다. 그 사실을 늘 명심해야
한다. 눕고, 앉고, 걷고, 세수하고, 자고, 놀고, 사냥하는 등의 어떤
태도와 자세에서도 고양이가 우아한 동물이라는 사실을 무엇보다
우선으로 생각해야 한다. 인간이 계속 고양이에게 감탄하며 사로잡혀
있어야 하기 때문이다. 그래야 인간이 진짜 현실, 즉 고양이에게
접수되었다는 진실을 알아챌 수 없으니까 말이다.

인간은 때로 다른 인간에게 이런 충고를 한다.

"고개 들고 다녀."

그 말을 우리 고양이의 말로 바꾸면 이렇다.

"꼬리 들고 다녀."

특히 걸을 때에는 꼬리를 꼿꼿하게 세워야 한다. 이유는 없다. 선조 고양이들의 오랜 경험에서 우러난 가르침이니까 그냥 받아들이면 된다.

잠자는 자세도 걷는 자세만큼이나 중요하다. 고양이는 쉬면서도 인간의 마음을 사로잡을 수 있다. 인간은 우리 고양이가 몸을 동그랗게 말고 자거나, 네 발을 배 밑에 깔고 똑바로 자거나, 다리를 쭉 뻗고 모로 누워 자거나, 등을 바닥에 대고 네 다리를 늘어뜨린 채 자는 모습을 보면 마음이 편해지고 기분이 좋아지는 것 같다. 효과적인 자세로는 앞발 하나를 코 위에 대고 자거나, 앞발을 모두 눈 위에 올리고 자는 것이다. 또 다른 추천 자세는 앞발 하나를 머리에 베고 자는 것이다. 그리고 등을 바닥에 대고 발라당 눕는 자세는 항상 열광적인 반응을 불러일으키는데, 특히 인간의 무릎에서 그런 자세로 자면 더 효과가 좋다.

잠에서 깰 때는 먼저 주위 배경을 고려해야 한다. 인간의 집과 가족을 접수했다고 해서 늘 개박하와 크림을 먹을 수 있는 것은 아니다. 노력 없이 이룰 수 있는 일은 없다. 노력까지는 아니더라도 우리 고양이의

타고난 머리를 쓰는 일에는 게으르지 말아야 한다. 우선, 매혹적으로
보일 만한 배경을 찾는다. 색색의 깔개, 거울, 계단, 나뭇가지, 창틀,
벽감, 쿠션, 벽난로 위, 장식품 사이, 대비되는 빛깔의 모피 코트 위,
현관 등 돋보일 수 있는 곳을 찾은 다음 이용하는 것은 각자의 몫이다.
엉성하고 품위 없는 자세를 취해서 조롱거리가 되는 일은 절대로
없어야 한다. 조롱거리가 되면 다시 회복하기까지 며칠이 걸릴지
모른다. 인간이 고양이를 보고 웃게 만들어야지 비웃게 만들면 안
된다. 그러려면 고양이는 늘 자기 몸과 자세를 철저히 관리해야 한다.
성공할 거라는 확신이 들지 않는 이상 높은 곳에 절대 뛰어오르면 안
된다. 자칫하면 못 오르고 바닥에 떨어질 수도 있다. 게다가 고양이는
항상 발로 사뿐히 착지한다는 인간들의 잘못된 상식에 부응하려고
허리를 틀다가는 등뼈를 삐끗할 수도 있다. 사전에 철저히 연습하지
않은 일에는 절대 나서면 안 된다. 고양이가 웃음거리가 되면 함께
사는 인간도 웃음거리로 만드는 셈이다.
몸을 깨끗이 하는 씻기와 다른 효과를 바라는 씻기의 차이는 잘
알고 있을 것이다. 밥을 먹은 뒤에 몸을 핥을 때는 크게 신경 쓰지
않아도 괜찮다. 고양이라면 으레 그렇게 한다고 누구나 생각하니까.
인간에게 어떻게 보일지 마음 쓰지 말고 깨끗하게 몸을 핥으면

된다. 하지만 다른 종류의 세수도 있다. 관심을 끌거나 화제를 돌릴
때 또는 당혹스러운 상황에서 벗어나거나 기분이 어떤지 표현하고
싶을 때 하는 세수 말이다. 그런 세수는 철저히 계산된 행동으로
멋지게 해야 한다. 내가 추천하는 자세는 고개를 살짝 돌리고 앉은 채
아주 집중하는 표정으로 어깨를 몇 번 핥는 것이다. 아주 우아하고
압도적인 동작이라 항상 시선을 끌 수 있다.

인간들에게 보여줄 만한 또 다른 효과적인 세수는 방 한복판 깔개에
몸을 쭉 뻗고 누운 채 고개를 돌리며 하는 세수다. 네댓 번만 하면
인간 모두의 시선을 사로잡고 이야기의 중심이 될 수 있다. 손님이
있다면 손님은 자기 고양이 이야기를 시작할 테고, 함께 사는 인간과
손님은 서로 잘난 체하려고 부풀려서 말하기까지 할 것이다. 그런
이야기도 귀담아들어야 한다. 인간이 잘난 체하느라 지어낸 이야기를
나중에 고양이가 그대로 실행해 보이면 인간은 더 좋아할 것이다.
밖에서 쥐를 쫓고 을러대거나 죽은 쥐를 던지며 놀 때는 자세에
신경 쓰지 않아도 좋다. 이럴 때 고양이는 굳이 애쓰지 않아도
우아하게 보인다. 인간은 그런 고양이에게 매료될 수밖에 없다.
인간은 고양이가 쥐를 잡는 모습을 보려고 몇 시간이고 장난을
걸기도 한다. 장난감 쥐를 주기도 하고 끈에 종이쪽을 매달아서

바닥에 끌고 다니기도 한다. 종이쪽을 고양이의 머리 위에서 흔들며
고양이가 뛰어올라 앞발로 잡으려 하는 모습을 보며 즐거워한다.
말이 나온 김에 한마디 더하자면 인간은 고양이 사진을 즐겨 찍는다.
고양이가 공중에 붕 떠 있는 모습을 사진으로 찍으려고 애쓰는
인간도 많다. 솔직히 우리 고양이들도 공중에 뜬 자기 모습을
사진으로 보면 멋져서 깜짝 놀란다. 그런 사진을 볼 기회가 생기면
눈여겨보길 바란다. 공중으로 도약할 때 실수가 없도록 참고할
수도 있고, 공중에서조차 자신이 얼마나 완벽한 자세를 유지하는지
확인하는 즐거움을 느낄 수 있다.

태도와 인간의 반응에 대해 생각할 때 반드시 명심할 것이 있다.
새끼 고양이 때는 어떤 자세를 취하거나 말썽을 일으키거나
어이없는 일을 벌여도 그다지 문제가 되지 않는다는 사실이다.
오히려 귀여워한다. 인간은 고양이를 가리켜 '귀엽다'는 말을 자주
한다. 고양이가 다 자란 뒤에도 마찬가지다. 일단 '귀여운 고양이'로
인식되면, 인간의 비웃음을 살 일을 해도 괜찮다. 어떤 짓을 해도
인간은 좋아할 테고 고양이는 귀여운 존재로서 그 위치를 더욱
확고히 다질 수 있다. 책상 서류함에 기어 들어가거나, 밀가루
통에 빠지거나, 휴지통에 떨어지거나, 골판지 상자에서 나오려고

버둥거리거나, 의자에서 기우뚱거리거나, 덧문을 기어오르거나,
전선이나 뜨개실에 휘감기거나, 침대에서 떨어지거나, 잘 닦은
바닥에서 미끄러지거나, 종이를 칭칭 몸에 감거나, 꽃병을 깨거나,
뭐든 괜찮다. 물건을 깨뜨리거나 물을 쏟거나 밀가루나 잉크나
페인트를 덮어써도 상관없다. 인간은 새끼 고양이에게 절대 화내지
않으니까. 눈치가 조금 빠른 고양이라면 어릴 때 하는 장난 중에서
무엇이 인간을 정말 기쁘게 하는지 금방 알 수 있을 것이다.
처음에는 '동작'을 별도의 장에 넣을까 하다가, 양도 많고 해서 태도를
다루는 이번 장에 같이 넣기로 했다. 동작이란, 고양이가 적극적으로
취하는 행동을 가리킨다. 인간이 넘겨짚는 고양이의 표정이나 몸짓,
혹은 우리 고양이가 그런 인간의 생각을 더욱 확고하게 만들려고
취하는 몸짓이 아닌, 적극적인 행동 말이다.
예를 들어 꼬리를 치켜세운 채 인간의 발목 사이를 오가거나,
발목에 대고 몸을 비비는 것이 동작에 속한다. 이런 동작은 인간이
우리에게 줄 밥을 준비할 때 보여주면 좋다. 내가 지금 밥을 먹을
기대에 얼마나 들뜨고 즐거운지 확실히 드러내는 것이다. 인간이
'불쌍하고 작은 생명에게 먹을 것을 주는 신'이 된 기분을 느끼게 해서
그 허영심을 자극하면 더 좋은 음식으로 특별한 대우를 받을 수 있다.

인간의 손이나 뺨을 한두 번 핥는 것도 좋다. 우리 고양이야 인간
살갗에 있는 소금기가 좋아서 핥는 것이지만 인간은 그 사실을
모른다. 인간은 우리 고양이가 핥는 것을 자기들끼리 하는 입맞춤
같은 것이라고 생각한다. 가끔 인간을 핥는 게 우리 고양이한테 큰
수고도 아니잖은가. 효과도 아주 좋다.

발을 사용하는 것도 유용하다. 발로 인간의 얼굴을 누르면 인간은
아주 좋아한다. 왜 좋아하는지는 통 모르겠다. 두 앞발로 인간의
뺨이나 턱, 코를 잠시 붙잡거나, 한쪽 앞다리나 두 앞다리로 인간의
목을 감으면 인간은 좋아서 어쩔 줄 모른다. 이건 조금 더 어려운데,
인간의 뺨에 머리를 비비고 조금 가르랑거리는 것도 아주 효과가
좋다. 우리 고양이야 그냥 긁고 즐기는 것이지만 인간은 그런 우리
행동을 애정 표현으로 받아들인다. 마치 자기가 고양이랑 약혼이라도
한 듯 사랑스러운 눈빛을 보내곤 한다. 인간이 기뻐서 까무러치고
고양이를 더없이 소중히 여기게 만들 특별한 행동이 하나 더 있다.
인간에게 죽은 쥐를 주는 것이다.

그러면 인간은 대저택이나 백만 달러나 롤스로이스, 밍크 코트라도
받은 듯 법석을 떤다. 친구들에게 전화해서 자랑하고 저녁
파티에서도 얘기하고 심지어 신문사에 투고하려고 편지까지 쓸

것이다.

사실 도시에 사는 고양이는 쓸 만한 쥐를 찾기가 힘들다. 위생 관리도 철저하고 집이 대부분 아파트니까. 하지만 도시가 아닌 곳에서 사는 고양이라면 꼭 쥐를 잡아서 인간에게 선물하길 바란다.

죽은 쥐 선물이 왜 그렇게 엄청난 효과를 내는지는 잘 모르겠다. 인간은 우리 고양이가 쥐를 좋아서 먹는다고 생각하니까 고양이가 자기 저녁거리를 내놓을 만큼 인간을 따른다고 생각하는 것 아닐까? 사실, 우리 고양이한테 쥐잡기는 단순한 운동일 뿐이다. 인간이 여우를 사냥한 뒤 먹지 않는 것처럼 우리 고양이도 굶어 죽지 않는 한 쥐를 먹지 않는다. 어쨌든 금방 잡은 쥐든 실컷 갖고 놀던 오래된 쥐든 상관없다. 인간은 그 차이를 모르니까 어떤 쥐라도 좋다. 언제라도 어떤 쥐라도 인간은 좋아서 죽을 테니까.

문 드나들기

어떤 집에서든 문은 골칫거리다. 그저 다루는 법을 익히는 수밖에 없다. 아니, 인간을 다루는 법이라고 말해야 더 옳을까? 다시 말하면, 인간이 무슨 일을 하고 있더라도 고양이가 바라면 문을 열어주도록 가르쳐야 한다.

고양이가 언제라도 드나들 수 있도록 현관문 아래쪽에 구멍을 만들어놓는 인간 가족도 있다. 이렇게 고양이 편에서 똑똑하게 생각할 줄 아는 가족을 만난 고양이는 운이 좋다고 말할 수 있다. 현관문에 구멍이 있으면 특히 밤에 눈치 보지 않고 나다닐 수 있으니 인간에게나 우리 고양이에게나 더할 나위 없이 좋다. 그래도 집 안에 있는 문들은 여전히 골칫거리다. 방, 벽장, 지하실, 다락 등 어디에나 문이 있지 않다. 가장 좋은 방법은 '집 안의 모든 문을 늘 열어 둔다'는 법칙을 만드는 것이다. 물론 이 일은 집을 접수한 초기에 해야 하고, 빠르면 빠를수록 좋다. 방과 방을 연결하는 문이나 복도와 연결된

문을 언제나 열어 두도록 하는 것은 어려울 수 있다. 인간 남자가
문틈으로 바람이 들어온다며 고함칠 테니까. 하지만 벽장이나 찬장의
문을 닫아 두는 데는 아무 이유가 없다.

스스로 문을 여는 법을 배울 수도 있다. 구부러진 문손잡이라면
뒷다리로 일어서서 앞다리를 손잡이에 댄 뒤 체중을 앞으로 싣기만
하면 쉽게 열린다. 손잡이가 둥근 문은 조금 힘들다. 하지만 완전히
자라서 몸무게가 나가게 되면 몸으로 밀거나 당겨서 잠금 장치를 풀
수 있다.

문을 여는 요령을 터득했다 하더라도 함께 사는 인간에게는 문을 열
줄 안다는 사실을 들키지 않도록 조심해야 한다. 언제라도 인간이
우리 고양이를 위해서 문을 열어주도록 만들어야 하니까. 스스로
문을 여는 기술은 혼자만 알고 있다가 느닷없이 찬장에 갇히거나
이런저런 이유로 외출 금지를 당했을 때 쓰도록 하자.

밖에서 안으로 들어오고 싶을 때는 문을 긁으면서 크게 야옹
소리를 내면 된다. 안에서 밖으로 나가고 싶다면? 문 옆에 앉아서
그저 문을 뚫어지게 바라보기만 하면 된다. 물론 이 방법은 인간을
제대로 접수했을 때만 가능하다. 인간이 금방 반응을 보이지 않으면
돌아서서 인간을 바라보아야 한다. 인간이 다른 일을 하느라 바쁘면

초조하게 들리게끔 야옹 소리를 낸다. 일단 나가고 싶다는 사실을 인간에게 알린 뒤에는 인간이 다른 일을 다 제치고 고양이를 위해 문을 열게 만들어야 한다. 잘 접수된 집이라면 고양이가 늘 우선이 되어야 하니까.

9

크리스마스

크리스마스는 인간들이 해마다 여는 행사다. 그때가 되면 인간들은
선물을 교환하고 엄청나게 많은 음식을 먹는다. 집에 침엽수를
들여놓고 거기에 반짝이는 물건들을 달아서 장식한다. 우리 고양이가
결단력과 인내력을 조금만 발휘하면, 크리스마스를 우리를 위한
날로 쉽게 만들 수 있고, 우리가 원하는 방식으로 흘러가게 할 수
있다. 크리스마스이브나 크리스마스 당일에는 인간 부모가 자식에게
이렇게 말하는 모습을 드물지 않게 볼 수 있다.

"아직 선물 포장을 뜯으면 안 돼. 야옹이가 여기 없잖니."

아주 잘 접수된 가족이다.

크리스마스의 여러 행사 중에서 선물 꾸러미를 푸는 게 가장
재미있다. 선물은 바스락거리는 포장지로 싸여 있고 색색의 리본으로
묶여 있다. 포장을 푼 뒤에는 포장지를 몸에 돌돌 감을 수도, 그 속에
숨을 수도, 조각조각 찢을 수도 있다. 리본을 가지고 놀 수도 있다.

골판지 상자로 싼 선물이 있어서 우리 고양이가 상자를 오래 차지할
수도 있다. 쥐 인형이나 탁구공 등 고양이를 위한 선물도 있고, 그
밖에 인간들의 선물도 모두 킁킁거리며 가지고 놀아도 좋다.
인간들은 크리스마스에 특별한 음식을 차려서 파티를 즐긴다.
내가 아는 인간 가족은 누구나 다 그렇다. 우리 고양이에게는 두
배로 좋은 때다. 크리스마스의 기쁨을 나눌 줄 아는 인간이라면
음식을 준비하다가도 칠면조에 넣을 속이나 간과 허파 같은 내장을
고양이에게 주기 마련이다. 크리스마스는 인간 모두가 서로에게
친절해지는 날이다. 고양이에게 잘 접수된 인간도 가끔 고양이에게
화내기도 하는데, 크리스마스에는 어떤 일도 다 용서된다.
저녁을 먹을 때도 인간들만 칠면조를 먹는 경우는 없다. 고양이도
함께 먹을 수 있으니 당당하게 칠면조 고기를 즐기면 된다.
크리스마스에 얻을 수 있는 고양이의 권리다. 하지만 지나치게 많이
먹지 않길 바란다. 깔개 위에 토하면 가장 즐거워야 할 날에 한심한
골칫거리가 되어 인기까지 잃을 수 있다. 그리고 크리스마스에는
디저트로 자두 푸딩이라는 음식이 나오곤 하는데 소화가 안 되니까
입도 대면 안 된다.
크리스마스에 가장 재미있는 장난감은 뭐니 뭐니 해도

크리스마스트리다. 크리스마스트리에 달린 반짝거리는 장식은 앞발을 뻗어서 칠 수 있다. 앞뒤로 신나게 흔들리는 장식을 보면 더 치고 싶고 결국 꽉 붙잡고 싶어질 것이다. 금실, 은실, 고깔, 막대 사탕, 유리로 만든 새처럼 갖가지 흥미로운 물건들도 많이 달려 있다. 마치 고양이가 가장 좋아하는 게 뭘까 고민하며 밤새 만든 것 같다. 이 장식들은 대개 아주 얇은 유리로 만들어져 있다. 반짝거리기에 좋은 재료다. 단점이라면 쉽게 깨진다는 것이다. 뭐, 깨뜨려도 괜찮다. 크리스마스 장식은 넘치니까. 우리 고양이는 크리스마스트리와 거기 매달린 모든 장식을 실컷 가지고 놀아도 된다. 커다란 크리스마스트리라면 그 안으로 들어가도 좋다. 고양이가 크리스마스트리 안에서 노는 모습은 인간들도 재밌게 보지만 쓰러뜨리면 소동이 일어날 수 있으니 조심해야 한다. 만약 장식물을 가지고 놀다가 크리스마스트리를 쓰러뜨렸다면, 누가 와서 다시 세울 때까지 소파 밑에 숨어 있는 게 좋다. '인간이 화낼 상황에서는 아예 마주치지 않을 것.' 이것이 우리 고양이가 머릿속에 새겨야 할 마지막 규칙이다. 아무에게도 들키지 않으면 추궁을 받을 일도 없고 거짓말할 일도 없다. 의심을 살 수는 있지만 증거가 없으면 인간도 어쩌지 못한다.

크리스마스 분위기는 12월 23일부터 27일까지 때로는 새해까지
계속되지만 그 뒤로도 계속 남아 있을 거라고 기대는 말아야 한다.
그리고 이후 몇 주 동안은 함께 사는 인간 남자를 귀찮게 굴지 않는 게
좋다. 청구서가 날아와서 기분이 좋지 않을 테니까.
자, 아직 어려서 이 신나고 즐거운 축제를 한 번도 경험해 보지 못한
아기 고양이들아, 모두 메리 크리스마스!

⑩

여행하기

이 장은 여행에 관한 것이다. 인간 가족을 제대로 접수한 고양이라면
인간이 집을 잠시 비울 때도 혼자 남기를 원치 않을 것이다. 탈것은
배, 기차, 비행기 등 갖가지인데, 소음과 냄새가 아주 심한 것도
있다. 함께 여행할 각오가 되었더라도 여행용 고양이 상자에 갇히는
힘든 현실과 싸워야 한다. 우리 고양이는 폐소공포증이 있어서
좁은 곳에 갇히는 걸 못 참는다. 현명한 고양이라면 폐소공포증을
다스릴 줄 알아야 한다. 고양이 상자는 우리 고양이를 보호하니까
오히려 반겨야 한다. 그 안에 있는 게 가장 안전하다. 고양이가
밖으로 못 나가는 것과 마찬가지로 다른 어떤 것도 안으로 들어올
수 없다. 잠시 화물칸에 타긴 해도 고양이 상자에 있으면 쥐구멍에
숨은 쥐처럼 안전하니 두려워할 필요 없다. 아무도 더러운 손으로
만지거나 해치지 못 한다. 집에 혼자 남는 것보다 훨씬 낫지 않은가.
고양이 상자든 부드러운 바구니든 작은 손가방이든 받아들여야 한다.

안타깝지만 여행하면서 품위를 내세울 수는 없다.

여행할 때는 인간도 어쩔 수 없이 규칙과 제약에 따르게 되어 있다.

그러니까 조용히 인간을 따르는 게 좋다.

자동차 여행이라면 뒷자리에 앉아 멋진 풍경을 즐길 수 있다. 물론 뒷자리에 태우도록 인간을 길들여야 한다. 그건 별로 어렵지 않다. 첫날 성질만 부리지 않으면 된다. 자동차를 오래 타고 갈 때 인간은 우리가 생리 현상을 해결할 수 있도록 잠시 멈춰서 내려준다. 그때 장난치거나 사라지지 않도록 조심해야 한다. 운전자나 다른 승객의 어깨에 조용히 누워서 가도 좋다. 편하기도 하고 함께 간다는 기분도 들 테니 말이다. 뭐니 뭐니 해도 인간의 어깨에 기대어 가는 게 최고의 여행 방법이다.

엄마 되기

엄마가 되는 것은 세상에서 가장 멋진 일이다. 나도 아이를 키운
경험이 있다. 아무리 바쁜 일이 있어도 아이 키우는 일만큼은 포기할
수 없었다. 아기를 가지게 되면 아이를 키우기에 적당한 집을 구해야
한다며 걱정을 늘어놓는 고양이도 있지만 나는 그런 나약한 고양이가
아니다. 암고양이라면 모름지기 엄마가 되어봐야 한다고 생각한다.
아기 고양이는 당연히 있어야 한다. 그렇지 않으면 고양이가
세상에서 사라지고 말 테니까. 하지만 자식을 낳는 재미로 사는
고양이들도 많으니 종의 번영은 그런 고양이들에게 맡기면 된다.
나처럼 인간 가족을 다스리고 인간의 집에서 대장이 되고 싶은
고양이라면 자신의 안락을 위해서라도 계속 아기를 낳을 수는 없다.
어느 고양이라도 아기를 갖게 될 수 있다. 이 책을 머릿속에 잘 새긴
고양이라면 아기가 생긴 것을 신이 주신 기회로 여겨야 한다. 이
책에서 배운 것을 자식에게 가르치고, 그 자식은 또 자기 자식에게

가르치고……. 이렇게 인간에 대한 우리 고양이의 지배력을 조금씩 늘리다 보면, 마침내 '지구의 지배자'라는 우리 고양이들에게 걸맞은 명성을 누릴 수 있다.

하지만 우리는 집고양이로서 자신의 지위도 비중 있게 생각해야 한다. 지금까지 인간 가족을 접수해서 잘 길들인 덕에 우리에게 유리한 생활이 이루어졌고, 인간 가족도 고양이에게 완전히 넘어가서 만족하며 살고 있지 않은가. 그런데 이때 여차해서 작고 힘없는 아기 고양이들을 낳게 되면 갑자기 모든 일이 뒤죽박죽되고 만다.

인간은 삶의 질서가 깨지고 바뀌는 것을 무엇보다 싫어한다. 그런데 아기 고양이의 등장은 어쩔 수 없이 변화를 불러일으킨다. 고양이가 아이를 가지면 인간은 갑자기 고양이를 신경 쓰게 된다. 발밑에 있는 고양이를 밟을까 조심하게 되고, 의자에 앉을 때에도 먼저 살펴보아야 하고, 나중에는 새 집도 마련해주어야 한다. 고양이의 출산이 가까워지면 인간들은 안절부절못한다. 아기를 낳는 단순한 일에 인간들은 엄청나게 부산을 떤다. 인간 아이들은 제 부모에게 질문을 퍼붓는다. 대개 새끼들 중에 하나는 아주 약하게 태어나서 따뜻한 곳으로 잠자리를 옮겨 주고 스포이트로 음식을 먹여야 한다. 전체적으로 꽤나 혼란스럽고 소란스럽다. 그렇지만 그런 일을 만든

장본인은 다른 누구도 아닌 어미 고양이 자신이라는 것을 잊으면 안된다.

인간은 아기 고양이에게 적당한 새 가정을 찾느라 부산을 떠는 와중에도 '만약 애초에 고양이가 없었다면?'이라고 갑작스런 의문을 품는다. 인간이 그런 생각을 품기 시작하면 고양이는 이미 반쯤 쫓겨난 셈이다.

그렇다고 아기를 갖지 말라는 이야기가 아니다. 충분히 생각하라는 말이다. 함께 사는 인간 가족, 집, 상황 등 모든 조건을 깊이 생각해서 결정하는 게 좋다. 내가 함께 사는 인간들은 내가 아이를 가졌을 때 기꺼이 고생을 받아들였다. 내가 아이를 낳을 때만 해도 아주 즐거워했다. 하지만 얼마 지나지 않아서 불평을 늘어놓았다.

오래전 내가 아주 젊었을 때 겪은 일이다. 안타깝게도 나한테는 이런 책이 없었다. 나는 함께 사는 인간 가족을 접수해서 잘 길들였고 집을 내 방식대로 이끌고 있었는데 그만 앞뒤 생각 없이 사랑에 빠진 것이다.

음, 털이 새하얀 고양이었다. 정말이지 흰 갑옷을 입은 기사 같았다. 또 매혹적인 악마 같았고, 난 정신을 못 차렸다. 그가 어찌나 달콤한 말들을 내 귀에 속삭였는지! 내가 세상의 중심이라나.

내가 특별하다는 건 나도 잘 알고 있었다. 인간들과 함께 살면서도 내가 세상의 중심이었다. 하지만 알다시피 다른 누가 직접 이야기해 주는 건 다르다. 그런 말을 들으니 귀가 솔깃했다. 우리는 밖에서 오랫동안 함께 산책을 했다. 그는 점점 적극적으로 나왔다. 그렇게 사이가 깊어지던 어느 날…….

나는 좋은 엄마가 됐다. 아마 세상에서 최고의 엄마였을 것이다. 아니면 어떻게 어린 고양이들을 위해서 이런 책을 쓸 수 있겠는가? 사실, 나는 내 아이들을 잘 가르쳤고 모두 크게 성공했다. 각자 자기 인간 가족을 잘 접수하고 다스리고 있다. 얼마나 자랑스러운지 모른다.

나는 아이를 키우면서 한없이 즐거웠다. 엄마로서 느낄 수 있는 기쁨뿐 아니라 걱정과 실수까지도 나중에는 다 즐거움이 된다. 아이들에게 젖을 먹이거나 아이들을 껴안고 어르는 엄마의 모습은 정말 아름답다. 하지만 자식들 때문에 골치를 썩을 때도 있었고 내가 전에 누리던 조용하고 행복한 생활이 자칫하면 끝날 뻔도 했다. 엄마라면 무릇 그렇겠지만 나도 자식에게만 온전히 헌신하려 했다. 자연히 인간 남자는 그런 내 모습에 질투를 느꼈다. 인간 남자는 나랑 놀고 싶어 했지만 나는 늘 자식들을 씻기고 먹이고 위험을

피해 여기저기로 옮기기에 바빴다. 인간 남자는 제 아내와도 사이가
틀어졌는데, 인간 여자가 내 자식들에게만 지나치게 관심을 쏟았기
때문이다. 인간 남자는 집이 고양이 사육장이 됐다고 불평하기
시작했다.

얼마 지나지 않아 내 자식들은 자라서 인간 남자의 다리에
기어오르고 뒤를 졸졸 쫓았다. 남자가 나보다 내 아이들을 더
좋아하기 시작했다는 사실이 이상하게도 기분을 상하게 했다. 그런
감정은 좋은 관계에 도움이 안 된다.

앞서 '태도와 자세'에서 아기 고양이가 얼마나 사랑스러운지
말했지만 그래도 젖을 물리거나 꼬물거리는 어린 자식들에게
둘러싸인 나만큼 매력적이고 인상적인 고양이는 없을 거라고
자신한다. 물론 전에는 사랑스러운 고양이가 나 하나뿐이었지만
이제는 다섯이 되었다는 변화가 생겼지만.

또 중요한 것이 있다. 처음에는 이기 고양이들이 엄마 젖을 먹기
때문에 인간들에게 부담을 주지 않는다. 그렇지만 언젠가 아기
고양이들이 젖을 떼고 다른 음식을 먹을 때가 온다. 월말에 내야 할
우유 값이 확 늘어날 텐데 과연 인간이 모른 체할까?

어미 고양이가 새끼들에게 몸가짐과 예절을 가르칠 때가 되면

새끼들을 어디로 보내야 할지 집 문제가 불거지면서 집안이 한
번 더 시끄러워진다. 네댓 마리나 되는 아기 고양이에게 적당한
집을 찾기란 쉽지 않은 일이다. 지금까지 이 책을 제대로 읽었다면
알아챘겠지만 인간은 자기가 고양이를 원하는지 아닌지도 잘 모른다.
인간으로 하여금 고양이를 원한다고 생각하게 만드는 것은 우리
고양이가 할 일이다. 영리한 고양이는 그렇게 할 수 있지만 아기
고양이는 아무리 어미가 잘 가르친다고 해도 아직 경험이 없다는
사실을 명심해야 한다. 게다가 인간들은 같은 인간에게서 고양이랑
같이 살아보라는 권유를 받으면 의심부터 하고 거부감마저 갖는다.
그래서 이럴 때는 인간 아이들을 집으로 불러들여서 아기 고양이들을
보여준다. 나이도 성격도 제각각인 인간 아이들은 법석을 떨기
마련이다. 인간 아이들은 흙 묻은 발로 양탄자를 더럽히고 가구들도
엉망으로 만들고 아직 뼈도 덜 자란 내 아기들을 막 다룬다. 나는
저러다가 내 아기들이 죽는 게 아닐까 걱정돼서 안절부절못하기도
했다. 인간 아이 두 명이 같은 아기 고양이를 원해서 싸움이
나기도 하고, 어느 인간 아이에게도 관심을 받지 못하는 아기
고양이가 생기기도 한다. 이럴 때는 함께 사는 인간 가족의 신경이
날카로워진다. 결국 비난의 화살은 어미 고양이에게 날아들기

마련이다.

함께 사는 인간 가족은 아기 고양이들을 보낼 집을 찾는 동안 '고양이를 아예 다 몰아내고 평화로운 옛 생활로 돌아가는 게 더 좋지 않을까' 하고 생각하기 시작한다.

그 시점에서 인간은 두 가지 선택과 마주한다. 더 이상 고양이를 보낼 지인도 얼마 남지 않았는데 고양이가 또 새끼를 낳으면 보낼 집을 찾는 이 소동을 또 치를 것인가. 아니면 돈이 들고 위험하기는 하지만 고양이를 수술해서 아이를 갖지 못하게 할 것인가. 어느 쪽이든 결정을 해야 하는데 인간은 워낙 쉽게 결정을 못 내린다. 세 번째 방법도 있다. 고양이를 아예 내보내는 것이다. 물론 흔히 생기는 일은 아니다. 하지만 현명한 고양이라면 그런 가능성도 염두에 두어야 한다. 그러니 다음번에 흰 갑옷을 입은 기사가 문간에 나타나거든 아예 거들떠보지 말고 장난감 쥐나 가지고 놀기를 바란다.

⑫

말하기

소리 없이 울기

인간을 완전히 꼼짝 못하게 만들기 위해 정말 효과적인 방법이 있다.
바로 소리 없이 야옹거리기다. 단, 지나치게 남발하면 안 된다. 꼭
필요한 때만 써야 한다.

소리 없이 울기는 효과가 크지만 방법도 우스꽝스러울 만큼 쉽다.
목표물을 바라보며 소리 내서 울 때처럼 입을 벌린다. 방에서 나가고
싶어서 문을 열어달라고 할 때나 배고플 때, 짜증이 났을 때처럼 입을
벌리되 소리만 내지 않으면 된다.

그 효과는 어마어마하다. 그 모습을 본 인간 남자나 여자는 마음이
송두리째 흔들려서 고양이에게 뭐든 내놓게 되어 있다. 효과가 좋은
만큼 남발하면 안 된다. 우리 고양이는 익숙해지면 편안하다고
느끼지만 인간은 '질린다'고 말하니까.

나는 평생 인간을 연구했지만 소리 없이 울기가 왜 이렇게 효과가
큰지, 인간에게 왜 그런 감정을 불러일으키는지 딱 꼬집어서 말할 수
없다. 글쎄, 소리 없이 울면 더없이 연약한 모습으로 비치고, 그러면
신이 되고 싶은 인간은 그 연약한 모습에 허물어지는 것이 아닐까?
이미 우리 고양이의 울음소리는 그 자체로 좋은 무기다. 우리가 소리
내서 우는 '야옹' 소리는 인간의 갓난아이 울음소리랑 비슷하다.
인간의 갓난아이들은 음식이나 관심, 부족한 무엇을 바랄 때 소리
내서 우는데, 그때 인간은 아기 울음소리에 즉각 반응하게 되어 있다.
그러니까 우리 고양이가 적당한 때 야옹 소리를 내면 인간 아기가
받는 것 같은 대접을 받을 수 있는 것이다.
인간은 기본적으로 목소리로 의사소통을 한다. 아침부터 밤까지
끝없이 수다를 떤다. 믿거나 말거나, 심지어는 잠자면서 말하는
인간도 있다. 그래서 인간은 우리 고양이가 내는 소리를 자기
기준으로 생각하고, 고양이 언어를 인간 언어처럼 여긴다. 당연히
어림없는 생각이다.
다시 소리 없이 울기 이야기로 돌아가면, 인간의 눈에는 우리
고양이의 소리 없이 울기가 차마 목소리도 못 낼 정도로 큰 고통과
절실함을 합친 듯이 보이는 모양이다. 그래서 우리 고양이가 잘 내는

자기 연민의 울음소리보다 훨씬 빠르고 직접적으로 인간의 마음을 파고드는 것이라 할 수 있다. 게다가 인간은 말로는 표현할 수 없는 감정을 표현할 때 얼굴 표정을 사용한다. 인간은 말을 하면서도 얼굴 표정으로 사랑, 절망, 분노, 애원 같은 감정을 표현하니까 고양이의 소리 없이 우는 모습을 보며 자신의 표정을 떠올리는 것 같다. 6장의 '식탁에서 음식 받기'에서 소리 없이 울기를 이야기했다. 나는 식탁에서 음식을 받을 때 이 방법을 쓰곤 한다. 각자 가장 얻기 힘든 것을 얻을 때 소리 없이 울기를 쓰면 된다. 효과가 아주 좋다.

소리 내서 울기

앞에서 말했지만, 고양이의 야옹 소리는 인간 아기의 울음소리와 비슷해서 인간에게 무엇을 요구할 때 효과적이다. 여기에 인간의 마음을 누그러뜨릴 소리를 더하면 효과가 너 높아진다. 끄트머리를 위로 올리면서 귀엽게 '야오오오옹!' 하는 소리다. 이 소리는 사람과 마주 보고 있을 때는 별다른 효과가 없다. 하지만 인간은 그런 야옹 소리를 들으면 왠지 즐거워한다. 자연스럽게 인사처럼 해도 좋고, 인간에게 유난히 상냥하고 싶은 기분이 들 때 그 기분을 알리는 데

써도 좋다. 새끼 고양이를 옮길 때 써도 좋다. 이 귀여운 야옹 소리는
인간이 고양이에게 꼼짝 못하게 만드는 데 좋다.

어떤 면에서 보면 인간도 완전히 멍청한 것은 아니다. 우리
고양이한테는 다행이다. 우리 고양이가 내는 갖가지 소리를 인간에게
쉽게 가르칠 수 있으니까. 울음소리에 저마다 다른 뜻을 담아 그 뜻을
인간에게 알릴 수 있다. 물론 우리 고양이끼리 있을 때는 완전히 다른
방식으로 의사소통을 하지만, 사람들은 대개 소리로 의사소통을 하니
울음소리로 뜻을 알리는 게 좋다.

예를 들어, 문 앞에 앉아서 짧고 날카로운 울음소리를 낸다고 치자.
여기에 앞발로 문을 긁는 소리까지 더할 수 있다. 인간이 문을 열
때까지 계속 이런 소리를 반복해서 내면, 인간은 '이 울음소리는
문을 열어달라는 뜻이구나' 하고 깨닫는다. 음식을 달라거나
장난감을 달라거나 '내 의자에서 꺼져'라는 뜻을 전달할 때도 같은
방법으로 인간을 가르치면 된다. 여덟에서 열 가지쯤 각기 다른
뜻의 울음소리를 가르칠 수 있다. 열 가지가 적은가? 그 정도면
충분하다. 인간이랑 말을 더 섞어서 좋을 일은 없다. 이것은 인류학적
입장에서 관찰한 결과이고, 또 어느 고양이나 인간과 오래 산 뒤에는
깨닫겠지만, 인간이 곤란한 처지에 놓이는 경우 대부분은 끝없는

말과 수다에서 비롯된 것이다.

어떤 경우에 어떤 울음소리를 내야 하는지는 상관이 없다. 각각의
목적에 따라 일관된 소리만 내면 된다. 어느 고양이든 자신만의
언어를 만들 수 있다. 다른 고양이를 흉내 내기보다 자신만의 언어를
만드는 게 오히려 더 좋은데, 재차 말하지만 인간은 자기 고양이가
특별하다고 느끼기를 좋아한다. 인간은 자신과 고양이가 어느
누구도 알아듣지 못하는 둘만의 언어로 대화한다고 생각하면서 다른
사람들에게 자랑을 늘어놓는다.

"우리 고양이는 밖에 나가고 싶을 때 '△△△' 하고 울어. 고양이가
그렇게 우는 거 본 적 있어? 우리 고양이는 정말 특별하다니까."

가르랑거리기

'가르랑거리는 소리? 그건 바라는 것을 알리려고 내는 소리랑 엄연히
다르잖아. 훨씬 중요하고 값지게 여겨야 하지 않아?' 이렇게 생각하는
고양이도 있을 것이다. 하지만 나는 가르랑거리는 소리가 인간에게
영향을 주는 실용적인 소리라고 생각한다.

우선, 가르랑 소리는 수수께끼다. 이 미묘한 소리가 어디서 나오는지

우리 고양이도 알 수 없다. 고양이 역사의 태초부터 계속된 비밀이고
앞으로도 결코 밝혀지지 않을 것이다.

우리 고양이는 갖가지 만족을 느낄 때 자연스레 가르랑거린다.
하지만 우리 고양이들이 인간의 집에 들어가 살며 인간을 부린
뒤부터 가르랑 소리로 인간에게서 어떤 효과를 얻을 수 있는지 알게
됐다. 이 책을 열심히 읽은 어린 고양이나 스스로 많은 경험을 쌓은
현명한 고양이라면 가장 결정적인 결론을 알아야 한다. 즉, 우리
고양이가 인간에게서 원하는 것을 얻으려면 인간에게 약한 척하고
인간의 허영심을 자극하는 것이 가장 좋다는 것이다.

가르랑 소리도 마찬가지다. 인간은 우리 고양이와의 관계에서 자신을
신처럼 생각한다. 그래서 우리가 가르랑거리면 그 소리를 감사
기도쯤으로 받아들인다. 덧붙이자면 인간 사회에서 감사를 표시하는
일은 최고의 아첨이다. 인간은 자기들보다 위에 있는 존재를 신으로
모시는데, 인간은 늘 신에게 감사하며 아첨한다. 그래서 인간이
고양이를 어루만질 때 고양이가 가르랑거리면, 인간은 그것을 감사의
뜻으로 받아들인다. 인간은 이렇게 생각한다.

'고양이가 행복에 겨운 나머지 고마움을 담은 소리를 자기도 모르게
내고 있군.'

가르랑 소리에는 두 가지가 있다. '기대를 담은 가르랑 소리'와 '고마워서 내는 가르랑 소리'다. 인간에게 무엇을 바랄 때는 기대를 담은 가르랑 소리가 아주 효과적이다. 여기에 연달아 소리 없이 울기를 더하면 거의 실패하지 않는다.

세계 어디에서나 인간은 고양이의 가르랑 소리를 기분 좋아서 내는 소리로 생각한다. 그래서 고양이가 인간의 기대대로 가르랑 소리를 내면 결코 모른 체하지 못한다. 고양이의 기대를 저버렸다가는 죄책감에서 벗어날 수 없으니까. 끼니때가 되거나 인간의 음식을 먹고 싶거나 인간들이 야외로 놀러 갈 때 같이 가고 싶으면 미리 가르랑 소리를 내면 된다. 인간은 고양이가 고마워한다고 느끼고 고양이의 기대를 저버리지 못한다.

고마워서 내는 가르랑 소리는 그 상황이 다양해서 일일이 다 언급하기 힘들지만 목적은 같다. 인간에게 고맙다는 뜻을 전하는 것이다. 음식을 받았을 때(앞에서 말했듯 마음에 드는 음식에만 가르랑거려야 한다), 좋아하는 의자에 편하게 웅크렸을 때, 인간의 침대에서 일어났을 때, 벽난로 옆에 아무 방해도 받지 않고 앉아 있을 때, 누가 제대로 쓰다듬거나 어루만질 때, 특별히 맛있는 음식을 몰래 얻어먹었을 때 가르랑 소리를 내도록 한다. 인간은 고양이의 가르랑

소리를 들으면 만족을 주었다는 생각에 우쭐해서, 그 일을 앞으로도
계속 고양이에게 해야 하겠다고 마음먹는다.

거의 알아들을 수 없어서 인간이 고양이를 달래야 할지 아닌지
망설이게 하는 가르랑 소리도 있고, 방 저쪽에서도 들릴 만큼 커다란
가르랑 소리도 있다.

가르랑 소리를 이야기할 때 빼놓을 수 없는 게 있다. '가르랑거리지
않기'다. 함께 사는 인간이 잘못을 저질렀을 때 그 잘못을 알리고
벌하는 데 최고다.

예를 들어, 함께 사는 인간 남자가 아침에 베이컨을 먹으면서
고양이에게는 내놓지 않았다면 나중에 가르랑거리지 않기로 본때를
보이는 것이다. 평소에 퇴근해서 돌아온 인간 남자의 무릎에 앉아서
남자의 손길을 받으며 가르랑거렸다면 이렇게 못마땅한 날에는 절대
가르랑거리지 말자. 아무 소리도 내지 말고 통나무처럼 꼼짝 않고
남자의 무릎 위에 앉는다. 발톱으로 할퀼 필요도, 도망칠 필요도 없다.
그저 가르랑거리지만 않으면 된다.

처음에 인간 남자는 찜찜하다고 느끼겠지만 정확히 뭐가 잘못됐는지
모를 것이다. '내가 오늘 회사에서 기분 나쁜 일이 있었나? 아끼던
파이프가 없어졌나? 거실 벽에 그림이 삐뚤어졌나?' 그러다가 마침내

깨닫는다. '아, 내 고양이가 왜 가르랑거리지 않지?' 그리고 인간 남자는 고양이에게 어디가 아프냐고 묻고 토닥거리고 쓰다듬고 어루만지고 어르고 달랠 것이다. 그래도 아무 반응을 보이지 않으면 그제야 인간 남자는 자신이 속된 말로 큰집, 즉 감옥에 들어왔다는 것을 깨닫는다. 그러면 인간 남자는 죄책감을 느낀다. 뭐, 마땅히 느껴야 할 죄책감이다. 그 죄책감 때문에 저녁 식탁에서도 뿌루퉁해서 아내와 아이들에게 딱딱거리게 된다. 그러면 아내와 아이들도 남자에게 화내고, 남자는 더욱더 감옥에 갇힌 기분이 된다. 이게 바로 가르랑거리지 않기의 효과다. 정말 완벽한 복수가 아닌가?

⑬

예의범절

인간은 우리 고양이에게 고마워해야 한다. 고양이가 인간의 집을
접수하고 그 생활양식을 받아들이기로 마음먹은 순간부터 고양이는
인간에게 수많은 혜택을 베풀었다. 하지만 우리 고양이도 인간에게
예의범절을 지키고 올바르게 행동해야 한다. 이번에는 그 점에 대해
이야기하겠다.

고양이 중에는 지나치게 잘난 체하고 오만해서 함께 사는 인간을
함부로 대하고 경멸하는 고양이도 적지 않다. 그런 고양이는 인간을
함부로 대하는 것에서 즐거움을 느끼고, 늘 인간에게 짜증을 내고,
거부하고, 조금도 양보하지 않는다. 안타까운 일이다. 뭐, 고양이에게
이런 대접을 받으면서도 즐거워하는 인간도 있다. 심지어 그런
오만한 고양이를 더 자랑스러워하는 인간도 있다. 물론 이런
인간들은 예외로 쳐야 한다.

인간과 사는 고양이라면 두 가지 문제에 맞닥뜨리게 된다. '인간이

고양이 몸을 손으로 집어도 가만히 있어야 할 때'와 '인간의 무릎에
순순히 앉아 있어야 할 때'를 아는 것이다. 우선 이론적으로 생각해
보면, 인간을 잘 접수한 고양이는 인간의 무릎에 앉아 있기 싫을 때
언제라도 빠져나올 수 있고, 밖에 있을 때 인간이 부른다고 집으로
들어오지 않는다. 즉, 하고 싶지 않은 일은 하지 않는다. 하고 싶지
않은 일을 인간에게 맞춰 억지로 하면, '독립적인 동물'이라는 우리
고양이의 이미지가 깨질 수 있으니까. 우리 고양이는 그 이미지
때문에 오랫동안 번영을 이뤘다. 명심하라. 독립적인 동물이라는
이미지는 우리 고양이들이 수천 년 동안 만들고 지켜온 신화 같은
것이다. 고양이가 세상에서 가장 자유롭고 고귀한 종족으로 여겨지는
것은 모두 그 이미지 덕분이다.

하지만 훌륭한 예의범절을 갖추려면 그 이상이 필요하다. 우리의
권리를 잠시 접고 자긍심에 상처받지 않으면서 우아하게 행동해야 할
때가 언제인지를 알아야 한다.

'인간의 손에 집힐 때'의 문제로 돌아가자. 우선 인간 아이가 집는
것은 받아들여야 한다. 아이가 있는 집을 골랐든 접수한 집에 아이가
생겼든 집에 인간 아이가 있다면 늘 갖가지 불편한 방식으로 아이의
손에 집히는 것은 각오해야 한다. 예의 바른 고양이라면 아이에게

붙잡힌다고 버둥거리거나 불평하지 않는다. 오히려 시간이 지나면 즐기는 고양이도 있다.

다른 일에 빠져 있거나 생각에 깊이 잠겨 있어서 인간의 무릎에 있기도 싫고 쓰다듬는 손길도 싫고 무거운 손에 눌려 있기도 싫은데, 어른 인간이 고양이를 집어서 무릎에 올려놓는 경우도 있다. 이럴 때 잘 배운 고양이라면 왜 인간이 고양이를 무릎에 두려 하는지 그 이유를 생각해야 한다. 인간을 좀 겪은 뒤에는 그 이유를 찾을 수 있을 것이다.

이 인간이 힘을 과시하고 싶은가? 걱정거리가 있나? 심술이 났나? 인간은 다른 일에 언짢으면 화풀이로 고양이를 안을 때도 많다. 억지로 안아서 무릎에 앉히면 고양이가 싫어할 것을 알고 일부러 그러는 것이다. 그런 경우는 확실하게 싫은 표시를 내면서 달아나도 좋다.

하지만 함께 사는 인간이 슬프고 속상하고 외롭고 우울해서 고양이에게 의지할 때도 있다. 고양이를 안고 쓰다듬으며 위안을 얻고 싶은 것이다. 인간이 이런 감정인지 아닌지는 고양이라면 쉽게 알 수 있다. 이럴 땐 순순히 몸을 맡기는 게 매너 있는 행동이다. 그냥 편하게 있으면 된다. 할 수 있다면 인간의 손을 한두 번 핥아도 좋다.

인간이 부를 때는 어떻게 해야 할까? 우리 고양이는 인간이 불러도
절대 다가가지 않는다. 개와 말은 인간이 부르면 달려간다. 양과 소와
돼지와 닭까지도 인간에게 길들면 인간이 부르는 소리에 달려간다.
고양이는 다르지만 우리도 그렇게 해야 할 때가 있다. 인간 가정에
손님이 왔을 때다. 손님이 있을 때 함께 사는 인간 남자가 부르면, 방
안은 물론 방 밖에 있을 때도 곧장 달려가야 한다. 손님 앞에서 인간이
체면 깎일 일을 만들지 않는 것이 중요하다. 사실이야 어떻든
손님의 눈에 비치기에도, 남자의 눈으로 평가하기에도, 고양이가
공손하게 보여서 인간 남자의 체면이 서면 이후 며칠 동안 인간
남자에게서 바라는 바를 무엇이든 얻을 수 있다.
평소에 고양이를 좋아하고 특히 고양이를 반기는 손님이 오면 함께
사는 인간 가족과 손님 모두에게 즐거움을 줄 수 있다. 그 손님이
중요한 사람인지 아닌지, 그 방문이 얼마나 이 가족에게 중요한지는
인간과 함께 지내다 보면 경험으로 알 수 있다. 함께 사는 인간이
손님을 대하는 말투나 태도를 눈여겨보라. 중요한 손님이라고 생각
되는 사람의 무릎에 앉게 되었다면 도망치지 말고 무릎 위에서
마음껏 애교를 부려도 좋다.
"세상에나! 우리 고양이가 누구를 저렇게 따르는 건 처음 봤네! 정말

좋은 분이신 걸 고양이도 아나 봐요."

함께 사는 인간이 그렇게 말할 수 있게끔 상황을 만들면 인간이 그 손님과 계약을 잘 맺거나 승진할 수도 있다. 그러면 나중에 인간이 이렇게 말하겠지.

"아이고! 우리 야옹이가 그 어르신에게는 왜 그렇게 귀엽게 굴었을까? 다른 손님들한테는 발톱으로 무릎을 찌르고 눈앞에서 으르렁거리더니. 어쨌든 정말 다행이지? 정말이지 우리 고양이가 무슨 생각으로 그랬는지 모르겠네."

생각은 무슨 생각.

손님이 떠나고 인간 가족이 평소 생활로 돌아가면 우리 고양이도 그래야 한다. 손님이 없을 때는 함께 사는 인간이 불러도 가지 말고 억지로 안으려고 하면 발톱으로 할퀴어서라도 빠져나오라. 인간이 나중에 소독약과 일회용 반창고를 찾게 되더라도. 먼저 시작한 것은 그 인간이지 않은가. 인간의 버릇을 잘 들여야 한디. 응석받이로 만들면 결국 누구에게도 도움이 안 된다.

예의 바른 고양이는 식탁이나 조리대에 올라가지 않는다. 먹을 것에 관해서 인간을 제대로 길들인 고양이라면 그런 일을 애써 할 필요가 없다. 음식을 훔쳐 먹는 일은 개나 하는 짓이다. 우리보다 훨씬 못한

개를 따라서야 쓰나. 식탁에서 음식을 달라고 조르는 것도 예의에
어긋난다. 앞서 어떻게 인간 남자를 구슬려서 먹는 음식을 내놓게
만드는지 설명했으니 잘 배웠으리라 믿는다. 인간이 먹는 음식을
조금 얻어먹겠다고 식탁 옆에서 소란을 피우거나 인간의 다리를 긁는
행동은 자존심을 깎아내리는 일이다.

함께 사는 인간이 고양이를 위해서 '스크래처'를 마련했거나 집
근처에 나무가 있고 자주 나갈 수 있다면 값비싼 의자의 천에 대고
발톱을 갈아서는 안 된다. 그건 아주 형편없는 행동이다. 게다가
곤란해질 수도 있다. 혹 인간 가족 중에서 고양이를 없애자고
떠드는 사람이 있다면, 의자에 흠집을 낸 일이 불에 기름을 끼얹는
격이라는 점을 명심하라. 발톱으로 가구에 흠집을 내서 쫓겨난
고양이가 다른 이유로 쫓겨난 고양이보다 많을 것이다. 통계 자료가
있다면 틀림없이 증명될 것이다. 요즘 도시에서 고양이와 함께 사는
집에서는 스크래처를 다 갖추기 마련이니까 가구는 건드리지 말길
바란다.

뭐, 스크래처 같은 것이 있는지조차 몰라서 준비하지 못하는 인간도
있다. 세상에는 별의별 인간이 다 있으니까. 그럴 때는 우리
고양이가 원하는 바가 무엇인지 인간에게 힌트를 줘야 하니까 소파나

침대 기둥 한두 곳에 발톱 자국을 내는 것도 괜찮다. 그러면 십중팔구 스크래처가 생길 것이다. 그 십중팔구에도 끼지 않으면? 글쎄, 그다지 똑똑하지 않은 인간의 집을 접수한 게 틀림없으니 쫓겨나도 상관없다.

다음으로 다룰 이야기는 아직 의견이 분분하다. 바로 '미용'이다. 나는 인간이 하자는 대로 순순히 미용을 받는 것은 예의범절이 아니라 개인적인 선택에 속하는 일이라고 믿는다. 우리 고양이는 스스로 얼마든지 털을 완벽하게 관리할 수 있다. 수세기 전, 야생에서 살 때부터 그렇게 해 왔다. 하지만 누가 벌레를 잡아주거나 털에 붙은 이물질을 떼어주면 편하지 않은가? 그러니까 예의 바른 고양이라면 인간을 힘들게 만들지 말고 가만히 있는 게 좋다. 하지만 내가 못 참는 게 있다. 끝없이 당하는 빗질이다. 인간은 남에게 멋지게 보이려고 자기 머리카락을 계속 빗질한다. 그래서 우리 고양이에게도 빗질을 해줘야 한다고 생각한다. 빗질을 받기 좋아하는 고양이라면 제대로 된 빗질은 아주 즐겁고 상쾌한 일이 될 수 있다. 하지만 싫으면 참을 필요 없다.

쉽게 피하는 법을 알려주겠다. 인간이 빗을 가져오는 기미가 보이면 도망가서 들키지 않을 곳에 숨는 것이다. 그러면 인간은 결국 다른

할 일을 찾는다. 하지만 딱 붙잡혔다면 온갖 방법을 써서 빗질이
싫다는 사실을 알려야 한다. 인간이 고양이에게 마음껏 빗질을 한 뒤
만족스러운 표정을 지으면 더러운 곳에 몸을 확 굴리는 방법도 좋다.
더러우면 더러울수록 효과적이다.

마지막으로 인간 손님에 대해서 한 가지 더 할 말이 있다. 집으로 개를
데려오는 손님도 있다. 물론 역겹다. 하지만 그냥 모르는 체하는 게
현명하고 예의 바른 행동이다. 피아노나 찬장에 올라가서 등을 돌린
채 개가 떠날 때까지 가만히 있으면 된다.

사랑

사랑은 미묘하고 어려운 주제다. 때로 사랑이라는 감정에 완전히
휩쓸릴 때도 있다. 맞다, 직접 경험하기 전에는 이해하기 어렵다. 일단
그냥 받아들이는 게 좋겠다. 아, 물론 내가 지금 말하는 건 인간에
대한 사랑이다.

지금까지 나는 살기 좋은 집을 차지하고 거기서 함께 살 인간을
접수하는 좋은 방법을 설명했다. 하지만 여기에는 미지의 요소도
있다. 인간과 일단 관계를 맺으면 십중팔구 알게 되겠지만, 그 미지의
요소가 바로 사랑이다. 사랑이 어디에서 기인하는지 왜 사랑을 하게
되는지는 아무도 모른다. 그런 면에서 사랑은 우리 고양이의 가르랑
소리처럼 신비롭다.

우리 고양이가 인간과 나누는 사랑은 짝짓기를 하려고 밖으로 나가는
본능과는 전혀 다르다. 전혀 다르다! 무엇이 다른지 설명하기 무척
어렵다. 직접 겪어야 비로소 알 수 있다. 이 책 앞부분에도 썼지만,

나는 아주 어릴 적부터 인간 가족을 접수해서 함께 살았다. 그때도
사랑이 찾아왔다. 나는 그 인간 가족을 사랑했고, 그 인간들도 나를
사랑했다. 내 입으로 이런 말을 하다니, 그래도 뭐, 부끄럽진 않다.
인간과 함께 지내다 보면 몇 안 되는 장점들을 제외하고는 잠시라도
단점을 보지 않을 수 없다. 인간은 어리석고 하잘것없고 심술궂고
무심하다. 종종 교활하기까지 하다. 뻔뻔하게 거짓말을 하고 일부러
둘러말하고 지키지 못할 약속을 한다. 이기적이고 탐욕스럽고
경솔하고 제멋대로에 변덕스럽고 비겁하고 질투하고 무책임하고
고압적이고 편협하고 성급하고 위선적이고 게으르다. 하지만 이 모든
단점에도 불구하고 인간에게는 사랑이라는 강렬하고 멋진 것이 있다.
인간이 고양이를 사랑하고 고양이가 인간을 사랑하면 다른 것은
아무것도 눈에 들어오지 않는다. 물론 여기서도 조심할 것이 있다.
사랑에 완전히 빠지면 안 된다. 아무리 사랑이 좋아도 내가 이 책에
적은 수단과 방법에 따라서 스스로를 지킬 줄 알아야 한다.
인간과 나누는 사랑의 신비를 완전히 다 밝히지는 못하더라도 그
일부분인 인간의 공통적인 한 가지 특징은 분명히 알게 될 것이다.
나도 그랬다. 남자든 여자든 젊은이든 늙은이든 착하든 못되든
앞으로 만나게 될 인간은 하나같이 그 특징을 지니고 있을 것이다.

그건 바로 인간이 외로운 존재라는 점이다. 우리 고양이도 외로운 존재다. 하지만 우리 고양이는 외로움을 참을 줄 안다. 반면 인간은 우리 고양이와 달리 독립적이지 않아서 외로움을 견디지 못한다. 우리 고양이가 인간한테 힘을 행사할 수 있는 근본적인 이유는 '인간이 외로울 때 고양이를 필요로 하기 때문'인지도 모른다. 이 책에서 인간에 대한 내 태도가 엄격하고 냉혹하게 보였을지 모르겠지만, 그건 이 책이 어린 고양이를 위한 것이어서 어린 고양이들에게 주의를 주기 위해서다. 하지만 나도 인간을 사랑한다. 내가 함께 사는 인간 식구들은 모두 각자 외로운 존재다. 배우자가 있어도, 부모가 있어도, 형제자매가 있어도, 모두 외로워한다. 그럴 때 내가 인간의 무릎에 앉거나 부를 때 달려가거나 침대 발치에 눕기만 해도, 아니, 그저 한집에서 살고 있다는 사실만으로도 인간의 외로움을 달랠 수 있다. 그런 생각을 떠올리면 가슴속 깊은 곳에서 더할 나위 없이 즐거운 기분이 들고 나도 모르게 가르랑거리게 된다. 어떤 고양이라도 이런 감정을 부끄러워할 필요가 없다.

이렇게 묻는 어린 고양이도 있을 것이다.

"인간과 나누는 사랑이 도대체 어떤 것이죠? 뭔지 알아야 그게 찾아올 때 알아채고 즐길 수 있잖아요."

글쎄, 나로서도 이것밖에는 할 말이 없다. 사랑은 인간이 품는
감정이다. 그런데 인간이 고양이를 팔에 안거나, 무릎에 앉히고
부드럽게 쓰다듬을 때, 그 감정이 고양이에게 자연스레 전해진다.
그러면 고양이도 사랑을 느끼게 된다. 하지만 사랑이 없으면 느낄 수
없다. 무슨 말인가 하면, 인간이 아무 생각 없이 고양이를 쓰다듬거나
토닥거린다면, 혹은 그저 고양이에게 잘 보이고 싶어서 장난친
것이라면, 고양이는 아무것도 못 느낀다.

하지만 이따금 인간은 사랑을 받고 싶고 또 주고 싶은 마음에서
어린아이가 하듯 고양이를 으스러질 만큼 꽉 안기도 한다. 그럴 때
인간의 눈에는 평소에 못 보던 눈빛이 서리고 손길도 달라진다.
그러면 고양이는 자기도 모르게 가르랑거리기 시작하고, 엄마
젖을 앞에 둔 새끼 고양이처럼 손톱이 나왔다 들어갔다 한다. 그게
행복이다.

때로 우리 고양이의 가슴속에 인간에 대한 사랑이 넘치면 앞발로
인간을 잡고 뒷다리로 몸을 앞뒤로 움직이며 인간을 깨물 수도 있다.
그건 우리 고양이가 감정, 특히 성에 관한 감정을 드러낼 때 쓰는
몸짓이다. 내 생각에는 인간의 사랑도 성과 연관이 있다. 하지만
인간은 우리 고양이와의 사랑 속에서 어찌어찌한 이유로 성은 떼어낼

수 있는 것 같다. 그래서 우리 고양이가 인간의 사랑을 이해하기
어려운 것인지도 모른다. 어쨌든 물고 할퀴는 행동은 가능하다면
자제해야 한다. 인간은 아무리 사랑스러워도 어리석어서, 고양이가
물고 할퀴는 것이 사랑의 표현인지도 모르고 은혜를 원수로 갚는다고
생각할 수 있다. 이 때문에 우리 고양이가 간사하고 배신을 잘한다는
평을 얻게 된 것이 틀림없다. 우리 고양이에게도 결점이 없는 것은
아니지만, 그래도 결코 간사하거나 배신을 잘하지는 않는다.
그건 신도 알고 있다.
마지막으로 한마디 더. 이런 인간의 사랑이 막대로 맞는 것보다 더
아플 수 있으니 조심해야 한다. 인간은 사랑하다가도 사랑을 버리고
떠날 때가 많다. 우리 고양이는 절대 그러지 않지만.

⑮

두 집 살림

이상한 주제라고 생각할지 모르겠지만 나는 이 주제에 대해서
아주 깊이 또 많이 생각했다. 두 집 살림, 즉 동시에 두 집에서 사는
것은 그다지 좋지 않다. 자랑스레 여길 일도 아니다. 하지만 가끔
일어나는 일이고, 때로 우리 고양이의 뜻과는 상관없이 일어나기도
한다. 그다지 권장하지 않는 편이지만 그래도 고양이라면 두 집 살림
전반에 대해서 알아야 하고, 특히 이런 상황에 처하게 됐을 때 어떻게
처신해야 하는지 알아야 한다는 생각에 이 장을 넣게 됐다.
요전에 나는 '스모크'라는 이웃 암고양이랑 이야기를 나눌 기회가
있었다. 스모크는 두 집에 살면서 각 집의 인간들을 어찌나 잘
구슬렸는지 두 집 식구들 모두 스모크를 자기 집만의 고양이라고
생각했다. 내가 스모크에게 약간 나무라는 투로 말하자, 스모크가
대답했다.
"나는 한 가족이 아니라 두 가족에게 기쁨을 줘. 인간에게 두 배의

기쁨을 주니까 나는 두 배나 값진 고양이야."

그 말을 듣고 나서 나는 두 집 살림을 완전히 달리 보게 됐다. 그래서
이 책에 두 집 살림의 기술과 방법을 조금 넣기로 마음먹었다.

내가 알기로는 고양이가 동시에 두 집에서 살게 된 것은 전쟁
때문이다. 전쟁 때에는 살고 있는 집에 음식이 부족해서 다른 집에
구걸하러 가는 일이 잦았다. 인간은 다른 누구에게 무엇을 베풀면
대가를 요구하고 고양이에게 먹이를 준 다음에도 꼭 보상을 받으려
한다. 그래서 곧 '떠돌다가 우리 집으로 온 우리 고양이'라고 부르기
시작한다. 그러면 두 집 살림 문제가 불거진다. 두 집 살림을 하려면
인간 본성을 깊이 알아야 하며 조사도 많이 하고 경험도 꽤 쌓아야
한다. 양쪽 집에서 각각 '이 고양이가 다른 어느 집의 고양이가 아닌
자기 집 고양이'라고 믿게끔 만들어야만 두 집 살림에 성공할 수 있다.
그렇다면 두 인간 가족이 그 사실을 확고히 믿고 있다는 것을 어떻게
알 수 있을까? 각 집에서 하나씩, 두 개의 이름을 얻으면 분명해진다.

두 집 살림을 하게 되는 가장 큰 이유는 먹을 것 때문이다. 첫 번째
집에서 다른 점들은 만족스럽지만 먹을 게 부족하거나, 좋아하는
음식을 내놓게끔 인간을 교육시키지 못했다면 두 번째 집을 구해서
한 번 더 밥을 먹을 수 있다. 장난감과 잠자리도 두 배, 재밌고 설레는

일도 두 배가 된다. 다양한 인간들도 더 많이 만날 수 있다.

두 집 살림을 하기로 마음먹은 고양이라면 애초에 편한 인간 가족을 골라야 한다. 고양이의 특성을 잘 이해하고 인정해서 고양이가 오래 집을 비워도 별 걱정을 하지 않는 인간 가족이어야 한다. 그렇지만 너무 오래 집을 비우면 안 된다. 의심을 사지 않고 나가 있을 수 있는 시간은 48시간이 한계다. 사실 24시간을 기준으로 삼는 것이 훨씬 좋다. 하루를 밤낮으로 한 집에서 보내고, 이튿날은 다른 집에서 종일 지내는 것이다. 그러면 별달리 애쓰지 않아도 두 집 살림을 잘 유지할 수 있다.

두 번째 인간 가족도 당연히 첫 가족처럼 느긋하고 이해심이 많아야 한다. 혼자 사는 인간을 고르는 것도 좋다. 혼자 사는 인간은 고양이가 집에 와서 머무른다는 사실만으로도 몹시 고마워서 고양이가 규칙적으로 사라져도 불평하지 않을 것이다. 단, 늘 돌아와야 하고, 혼자 사는 인간의 집에 있을 때는 평소보다 훨씬 더 말을 잘 듣는 척해야 한다. 자주 여행하거나 외부에서 시간을 많이 보내는 인간도 두 집 살림에 아주 적격이다. 또 다른 예를 들자면, 한 집 인간이 밤에 일하고 낮에 잔다면 다른 한 집은 보통 사람들처럼 낮에 일하는 조합이 가장 이상적이다. 실제로 내 친구가 그렇게 두 집 살림을 했는데 열두 시간씩 나누어서 두 집 살림을 확실히 할 수 있었다.

하지만 그렇게 운이 좋은 일이 자주 있을 수는 없잖은가?

두 집 살림을 잘하는 비결은 두 가족의 습관을 이용하는 것이다.

예를 들어 한 가족의 인간이 매일 저녁 일정한 시간에 퇴근해서 집에

온다면 그 인간이 집에 올 시간에 맞춰 대문까지 나가서 반긴다.

그러면 그 인간은 즐겁고 우쭐해서 그 뒤에는 무슨 일이 있어도 신경

쓰지 않을 것이다. 퇴근 때처럼 특정한 시각에 함께 있기만 하면 그

뒤로는 곧장 다른 집으로 달려가도 괜찮다. 이렇게 간단한 방법이 또

있다. 가령, 한 집의 인간 여자가 아침나절에 고양이와 함께 있는 것을

좋아하면 아침에는 그 집에 꼭 붙어 있는다. 그러면 오후에는 아무

걱정 없이 다른 집에 갈 수 있다.

두 집 살림에서는 처음이 중요하다. 처음에는 양쪽 모두에 최대한

모습을 많이 비추어야 하니까. 그래서 처음 당분간은 두 집 사이를

계속 바삐 오가야 한다. 그래야 실제로 그 집에 있는 것보다 더 오래

있는 것처럼 보일 수 있고, 몇 시간 동안 집을 비워도 인간들이

자연스레 받아들이게 된다. 인간은 정말이지 습관의 동물이라서 일단

습관만 제대로 들이면 더는 걱정할 일이 없다.

반드시 두 집 모두에서 그 집 소유의 고양이로 여겨지지 않아도

된다. 내가 아는 고양이들 중에는 점잖은 중산층 인간 가족과
사는 암고양이가 있는데 이 고양이는 아주 큰 부잣집에 먹을 것을
얻으러 가곤 했다. 그 부잣집의 집사가 음식을 내주었는데 외로운
집사는 오후 3시에서 6시까지 자유 시간이었다. 내 친구 고양이는
그 시간 동안 집사의 방에 같이 있었다. 집사가 고양이에게 바라는
것은 그뿐이었다. 그리고 고양이는 세 시간을 함께 지낸 보답으로
아주 호화로운 대접을 받았다. 그 부잣집 사람들은 값비싼 음식만
먹었으니까. 친구 고양이는 세 시간만 빼고 나머지 시간은 원래 인간
가족과 함께 보냈다. 내 친구는 원래 인간 가족도 아주 좋아하고 그
집을 편하게 여겼다. 인간 가족은 3시에서 6시까지 세 시간은 으레
'고양이 외출 시간'으로 여기고 고양이가 어디에서 무엇을 했는지
묻지 않았다. 두 집 살림의 아주 이상적인 사례다.

이쯤이면 깨달았겠지만 두 집 살림을 잘하려면 작전과 두뇌 싸움을
넘어서 다른 것도 필요하다. 바로 운이다. 살게 된 동네와 그 이웃
지역, 그곳에 사는 사람들의 경제 수준과 교양 수준 등이 중요한데,
이런 것들은 우리의 능력으로는 어쩔 수 없는 운이 좌우하기
마련이다. 한 집에서 일 년 넘게 꽤 만족스럽게 살다가 별안간 두 집
살림을 하는 기회가 생길 수도 있다. 그 누구도 상처 받지 않고 다

함께 살 수 있다. 그러면 내 친구 스모크처럼 완전히 다른 두 집안에

두 배로 행복을 주는 기회를 잡는 셈이다.

내가 마지막까지 숨긴 주의 사항이 있다. 아주 무시무시한 내용이니

꼭 지켜야 한다. 어떤 상황에서도 절대 두 가족이 만나는 일을

만들면 안 된다. 더 중요하게는 두 가족이 함께 있을 때 모습을

드러내지 않아야 한다. 잠깐이라도 인간과 함께 지낸 고양이라면
금방 알겠지만 인간은 자기 소유물에 엄청나게 민감하다. 인간의
말 중에서 가장 강력한 것이 뭔지 아는가? 바로, '내 것'이다. 인간은
자기 것을 빼앗길 위기에 처하면 정말이지 제정신이 아닐 만큼 아주
무섭게 화를 낸다.

지금부터 할 이야기는 너무 끔찍해서 입에 담기도 겁나지만 많은
고양이에게 도움을 주기 위해 용기를 내어 말하겠다. 어느 조심성
없는 고양이가 두 집 살림을 하다가 그만 두 집 중간쯤에 있는
길거리에서 낮잠을 잤다. 운 나쁘게도 하필 그때 두 집 인간들이
거기서 마주친 것이다.

두 인간 가족은 서로 자기 고양이라고 말다툼했고 그 시끄러운
소리에 고양이는 눈을 떴다. 그 고양이는 당연히 몸을 돌리고 걸음아
날 살려라 달아났어야 했는데 잠에서 덜 깨고 너무 놀란 나머지
멍하니 그 자리에 있었다. 고양이가 영문을 알아채기도 전에 한
가족은 고양이 머리를, 다른 가족은 꼬리를 잡았다. 그리고 양쪽 모두
힘껏 고양이를 잡아당겼다! 아, 더 이상은 말하지 않겠다.

16

실수

이 책의 충고를 잘 따라서 인간 가족을 성공적으로 접수했다고
가정하자. 아이 없는 부부, 아이가 있는 부부, 혼자 사는 남자, 직장
여성 등 누구든 그 집의 구성원들 모두가 전적으로 고양이의 비위를
맞추며 자기 고양이가 최고라고 믿고 고양이가 바라는 일은 무엇이든
들어주고 바라는 바를 미리 알아서 잘해주려고 애쓴다고 가정하는
것이다. 즉, 아주 잘산다고 가정하자.

정말 잘살 수 있느냐고? 물론이다. 하지만 조심해야 한다. 나처럼
경험 많은 고양이의 조언을 명심하고, 집고양이, 특히 응석받이로
자란 집고양이가 자칫 저지르기 쉬운 실수들을 피해야 한다.

머리를 잘 쓰고 이 책에 실린 지침들을 제대로 이용하면 어떤 인간
가족도 잘 접수할 수 있다. 하지만 들어갈 수 있는 곳이라면 거기서
쫓겨날 수도 있다는 것을 잊으면 안 된다. 들어갈 때보다 훨씬 빨리
쫓겨날 수도 있고, 더 나쁘게는 영원히 쫓겨날 수도 있다.

어느 누구라도 절대 내쫓기지 않는다고는 장담 못 한다. 인간이 우리 고양이보다 잘났기 때문이 아니다. 못났기 때문이다. 인간은 일하기 싫어하고 책임지는 것을 싫어하고 신경질적이고 게으르고 짜증을 잘 내고 쉽게 겁먹고 안절부절못하는 못난 존재다. 인간은 스스로도 자기 마음을 모를 때가 많다.

똑똑한 고양이라면 인간 가족을 잘 관찰해서 언제 신경질적이 되는지 그 낌새를 빨리 알아채야 한다. 그럴 때는 몸을 사려야 하니까.

예를 들어 중요한 손님을 초대한 날에는 인간 여자가 수선을 떨며 바쁘게 요리하고 상을 차리고 집을 청소한다. 이럴 때에는 여자의 발밑에서 멀리 떨어져 있어야 한다. 잠을 자거나 눈에 띄지 않도록 집 바깥에 있는 게 좋다. 인간 여자가 분주할 때는 고양이에게 화내기 쉽다. 물건을 어지럽혔거나 소파에 털을 묻혔거나 이미 과거에 저지른 일로 화낼 뿐만 아니라 아직 벌어지지도 않은 일을 두고 미리 화내기도 한다. 인간은 일어나지 않은 사실을 앞서 생각하는 특징이 있는데, 그것을 '상상력'이라고 부른다. 우리 고양이로서는 이해할 수 없는 능력이다.

예를 들어, 인간 여자가 식탁을 멋지게 꾸며놓았다고 하자. 그때 주방 한쪽에서 골똘히 생각에 빠진 고양이가 보이면 인간 여자는 고양이가

식탁에 뛰어오르거나 식탁보를 잡아당겨서 식탁을 다 망치지 않을까
상상한다. 고양이가 그런 생각을 품지 않았다 하더라도 달라지는 건
없다. 인간은 상상으로 그려낸 일이 실제로 일어난다고 여긴다. 인간
여자의 머릿속에는 생각이 줄 잇기 시작할 것이다.
'오늘은 기필코 남편한테 말할 테야. 저 고양이를 내버리라고. 못할
짓이라고? 절대 아냐. 저 고양이가 저지를 일을 걱정하면서 살다가는
내 명대로 못 살겠어.'
하루는 함께 사는 인간 남자가 고양이를 살갑게 대하다가도,
이튿날이면 갑자기 날카로워져서 짜증을 낼 수도 있다. 아니, 심지어
고양이의 옆구리를 때리며 고함칠 수도 있다.
"젠장, 저리 가! 나 바쁜 거 안 보여?"
참아야 한다. 한 번 더 말하겠다. 참아야 한다. 이럴 때 자기 권리를
찾으려고 인간에게 대드는 것은 큰 실수다. 남자는 회사에서 좋지
않은 일을 겪었거나, 아내에게 기분 나쁜 말을 들었거나, 돈을
잃었을 수 있다. 잠시 쥐 죽은 듯이 있으라. 눈에 띄지 않는 곳으로
가라. 인간 남자는 금방 양심의 가책을 느낄 것이다. 고양이를 때린
것에 죄책감을 느끼고 아주 괜찮은 음식을 가져와서 사과할 것이다.
그 뒤로는 고양이한테 더 절절맬 테지. 그러니까 대드는 실수를

저지르지 않는 것이 고양이의 권리를 더 잘 찾을 수 있는 방법이다.
청결에 대해서는 내가 새삼 이야기해야 할까? 아, 우리 몸을 씻는
것을 의미하는 게 아니라 집 안을 더럽히지 않는 것을 말한다.
집고양이라면 깔개나 바닥을 더럽히느니 차라리 죽음을 택하라.
토할 것 같은데 문을 열어줄 사람이 없어서 집에 갇혀 있다면
화장실에 가서 토하라. 인간은 화장실에서 용변도 보고 토하기도
하는데, 인간을 유심히 살펴보다 보면 화장실이 어디인지, 그 용도가
무엇인지 금세 알 수 있을 것이다. 만약 우리 고양이가 어쩔 수 없이
화장실 바닥을 어질러도 인간은 오히려 기뻐한다. 인간은 고양이의
그런 모습을 보면 고양이가 자기 같은 인간이 되었다고 생각하고
기뻐한다. 인간은 이렇게 말하며 칭찬한다.
"오, 불쌍한 우리 야옹이. 변기까지 가려다가 못 갔구나."
하지만 고양이가 매트나 응접실 바닥을 어지르면 인간은 애완동물
따위는 없이 지내는 게 더 낫지 않을까 하고 생각한다. 인간은
고양이가 오기 전에 누리던 자유, 즉 책임감과 걱정을 품지 않아도
되는 자유를 떠올릴지 모른다. 그러면 고양이는 순식간에 휙
쫓겨난다. 그러니까 인간으로 하여금 그런 생각을 품게 만들 만한
실수는 저지르면 안 된다.

17

놀이와 오락

난로 옆에서 책 읽기, 편지 쓰기, 사소한 집수리…….

아, 저건 고양이가 아니라 인간이 하는 일이다. 하지만 인간이
그런 일에 몰두하도록 놔두는 것은 우리 고양이의 수치다. 달리
더 재미있는 일이 있지 않은 한 인간에게 저런 여유 따위는 주지
말자. 고양이가 인간의 관심을 바랄 때 그들이 다른 일에 한눈팔면
안 된다는 사실을 처음부터 확실히 못 박아야 한다. 체스, 바둑,
장기, 보드게임, 카드놀이, 탁구, 배드민턴 등 인간이 자기들끼리
게임이라고 부르는 갖가지 놀이에 빠져 있을 때도 마찬가지다.
잘 배운 집고양이라면 인간이 자기 일에 빠져 있을 때 제대로 방해할
줄 알아야 한다. 예를 들어, 스크래블을 할 때는 처음에 방해하면
효과가 없다. 인간은 휙이 하며 고양이를 쫓는다. 계속해서 방해하면
결국 강제로 내몰리거나 다른 방에 갇히는 신세가 될 것이다. 이는

방해하는 방법을 잘 모르는 행동이고 인간의 심리도 잘 파악하지
못한 결과라 할 수 있다. 잘 배운 집고양이라면 절대 저질러서는 안 될
일이다. 제대로 방해하려면 스크래블판 위가 복잡한 글자들로 가득
찰 때까지 기다려야 한다. 그다음 할 수 있는 한 가장 사랑스럽게 야옹
소리를 내며 판에 뛰어오른 뒤 말들을 사방으로 흐트러뜨리고 한
가운데에 앉아서 세수를 한다.

처음에는 크게 화를 낼 것이다. 하지만 인간들은 우리 고양이들에게
꼼짝 못한다는 점을 기억하라. 그렇지 않고서야 고양이를 집 안에
들여놓고 마음대로 돌아다니게 할 리 없잖은가. 인간들은 아까 만든
단어나 글자의 형태를 떠올리려고 애쓰겠지만 너무 힘들어서 곧
포기할 것이다. 아예 스크래블 놀이를 집어치우고 고양이에게 관심을
쏟거나 다른 일을 하게 되어 있다.

도미노나 체스처럼 판과 말을 써서 즐기는 놀이라면 스크래블과
같은 방법을 써먹으면 된다. 말을 흐트러뜨린 다음에 판에 주저앉는
것이다.

탁구도 어렵지 않다. 공이 바닥에 떨어지면 공을 덮쳐서 발로 차고
몰고 가다가 튀긴 다음 계속 공을 따라서 달린다. 인간은 자기들끼리
탁구를 치는 것보다 고양이를 보는 것이 훨씬 재미있다고 생각한다.

게다가 탁구 놀이를 방해하면서 고양이가 탁구공을 좋아한다는
사실을 쉽게 알릴 수도 있고 탁구공을 장난감으로 받을 수도 있으니
그야말로 일석이조다.

카드놀이는 방해하기가 좀 힘들다. 하지만 솔리테어는 예외다.
혼자서 솔리테어를 하는 인간은 틀림없이 심심하고 외로운 사람이니
처음부터 반은 먹고 들어가는 셈이다. 인간이 카드를 탁자에 잘
펼치면 그 위에 앉는다. 인간이 밀어내면 오히려 더 달라붙어서
인간의 손이나 팔, 어깨에 몸을 비비며 열심히 가르랑거린다. 같이
놀아줄 사람이 필요하다는 것을 확실히 드러내면 인간은 당연히
카드놀이를 그만두기 마련이다.

브리지나 포커는 방해하기 힘들다. 사실, 인간들이 브리지나 포커를
하고 있을 때에는 방해하지 않는 게 낫다. 영리한 고양이라면
방해할 수 있어도 하지 않아야 한다. 손님을 초대해서 즐기는 포커를
방해하기란 데이트하는 인간 남녀를 방해하기보나 힘들다. 굳이 하고
싶다면 카드놀이보다 훨씬 큰 볼거리를 제공해야 한다. 카드놀이가
상대도 안 될 만큼 바보짓을 해야 한다는 말이다.

함께 사는 인간이 난로 옆에서 쉬거나 저녁을 먹은 뒤 책을 읽으려
하면 그 무릎에 올라앉아서 편한 자세를 잡고 발을 책이나 신문에

올린다. 이러면 책장을 넘기기가 힘들어서 곧 포기하게 된다.

편지 쓰기는 방해하기가 더 쉽다. 진심으로 편지를 쓰고자 하는
사람은 아무도 없기 때문이다. 이때는 노골적인 기술을 쓴다. 탁자나
책상에 올라가서 편지지 위에 드러눕는 것이다. 인간이 계속 편지를
쓰려고 하면 놀이를 하는 양 앞발로 펜을 이리저리 굴린다. 볼펜이
없던 옛날에는 잉크병을 엎지르곤 했다. 잉크병을 엎지르면 고양이
몸이 더러워질 수도 있지만 아주 효과적이다. 요즘은 볼펜을 가지고
장난쳐야 하지만, 그래도 결국 편지를 쓰려던 인간은 이렇게 말하게
된다.

"야옹아, 왜 이렇게 귀찮게 구니!"

하지만 말뿐이지 사실은 안심하는 목소리다. 편지 쓰기를 미룰
핑계를 찾았으니까.

아주 재미있는 운동이 될 만한 방해도 있다. 편지를 쓰거나 일을
할 때 펜도 연필도 아닌 타자기라는 기계를 사용하는 사람도 있다.
아주 운이 좋아서 작가와 함께 살게 된 고양이는 정말 재미있는
놀이를 할 수 있지. 작가를 방해하는 것이다. 작가라는 직업을 가진
인간은 작은 구실만 있어도 글쓰기를 피하려고 하기 때문에 고양이의
방해를 고맙게 여기기 마련이다. 그러면 인간도 고양이도 각자

즐겁게 놀 수 있다.

타자기는 작가가 자판을 누르면 글자가 새겨진 공이가 올라와서 종이
위에 글자를 찍는 기계다. 글자가 종이에 찍히기 전에 앞발로 빨리
공이를 잡는 놀이는 정말 재미있다. 재미만 있는 게 아니다. 운동도
된다. 또 작가가 없어도 타자기를 가지고 놀 수 있다. 혼자 한 발로
자판을 누르고 다른 한 발로 공이를 잡으면 된다.

다시 작가를 방해하는 이야기로 되돌아가자면, 작가가 타자기 앞에
앉자마자 무릎에 올라가서 놀기 시작해보라. 작가가 일을 시작해서
집중하도록 여유를 주면 안 된다. 작가가 자기 일에 흥미를 느끼게
되면 방해하기가 아주 힘들어지기 때문이다. 정원으로 쫓겨나거나
주방에 갇히는 수모를 당할 수도 있다. 그러니까 작가가 타자기 앞에
앉자마자 방해해야 한다. 처음 책상 앞에 앉을 때 작가의 머릿속에는
일을 미루고 싶은 마음밖에 없으니까. 미적거리다가 억지로 앉기
마련이니 바로 그때를 노리는 것이다.

집수리, 도배, 페인트칠 등을 방해하는 것도 좋다. 이런 일을 방해하면
함께 사는 인간 가족을 적절히 훈련시킬 수 있고 재미도 쏠쏠하다.
연장 위에 앉거나 못 상자를 넘어뜨리거나 전선과 철사로 장난친다.
도배를 할 때에는 우선 벽지 위에 드러누운 다음 그 밑으로 들어가서

유령인 척한다. 그래도 인간이 일을 안 멈추고 고양이에게 눈길을
주지 않는다면 발톱으로 긁어서 종이를 찢자. 종이 찢기는 아주
재밌다.

방해하기 가장 쉬운 집안일은 바느질이다. 인간과 살면 알게
되겠지만, 인간은 실몽당이를 고양이 눈앞에 흔들거나 실을 양탄자
위에 늘어놓고 당기며 장난을 걸곤 한다. 인간의 실 장난에는 그냥
따라주도록 한다. 인간을 즐겁게 하려는 것이 아니라 고양이가
주의력과 집중력을 키우는 데 좋은 운동이기 때문이다. 이런
이유로 바느질할 때 우리 고양이가 방해해도 인간은 불평하지
못한다. 자기들이 우리에게 장난을 걸 때 쓰던 도구와 동작이니까.
단, 바늘은 날카로우니 조심하고, 실은 마음껏 갖고 놀아도 좋다.
반짇고리를 뒤집어도 좋고, 실몽당이, 실패, 골무, 가위 같은 물건들을
흐트러뜨리면 아주 재미있다. 인간이 빈 반짇고리를 던져주었을
때는 절대 눈길을 주면 안 된다. 바느질에 쓸 실패를 가지고 놀아야
바느질을 방해할 수 있기 때문이다.

뜨개질에 열중한 인간도 바느질을 방해할 때와 같은 방법으로
방해하면 된다. 인간은 뜨개질에 빠지면 털실 몽당이에는 미처
신경을 못 쓴다. 고양이가 영리하게 행동하기만 하면 인간에게

들키지 않고 실뭉덩이를 방 끝까지 몰아가거나 계단을 내려가서
아래층까지 쭉 털실을 풀며 갈 수도 있다. 그러면 인간은 그날
뜨개질을 포기할 것이다.

여기서 일일이 다 설명하지는 않았지만 인간이 하는 일은 아주
다양하다. 어떤 일을 마주하게 되더라도 내가 지금까지 설명한 기본
기술만 알면 그때그때 상황에 맞게 응용할 수 있을 것이다.

한 가지 예를 들어보겠다. 내 친구 고양이는 우표 수집가인 인간의
집을 접수했다. 같이 사는 인간이 우표 수집을 한다는 사실은
나중에야 알게 됐다. 어느 날 함께 사는 인간이 우표첩, 정리되지
않은 우표들, 접착용 종이, 물그릇 등을 꺼냈기 때문이다. 내 친구는
아주 똑똑해서 그 물건들을 응용해서 인간의 일을 방해할 방법을
금방 알아냈다. 우표첩 위에 앉아서 우표를 흐트러뜨리고 물을 쏟고
접착용 종이 위에서 굴렀다. 인간은 곧 우표 정리를 멈췄다. 그림
맞추기 퍼즐을 하는 인간을 방해하는 적절한 장난을 개발한 고양이도
있다. 그 고양이는 인간이 그림 맞추기 퍼즐을 80퍼센트 정도 완성할
때까지 꾹 참고 기다렸다가 조각들을 흐트러뜨렸다. 그뿐만 아니라
조각 몇 개를 갖고 도망치는 센스도 잊지 않았다.

인간을 방해하기 시작했다면 인간이 멈출 때까지 절대 포기하지

말자. 끝까지 방해하자. 중간에 그만두면 안 된다. 그래야 인간을 잘
훈련시킬 수 있다. 그렇게 길들이면 인간은 무슨 일이든 시작하기
전에 고양이에게 허락부터 구할 것이다.

⑱

자녀 교육

알다시피 이 책은 새끼 고양이와 길 잃은 고양이, 집 없는 고양이,
경험이 많지 않은 고양이를 위한 책이다. 하지만 이번 장은 이미
집을 찾아서 고양이 가정을 꾸리게 된 어른 고양이를 위한 내용이다.
눈치챘겠지만, '엄마 되기'에서 나는 새끼 고양이를 기르고 가르치는
법에 대해서는 아예 꺼내지도 않았다. 자기 자식을 제대로 잘 돌보는
법을 본능적으로 모르는 고양이가 어디 있으며, 그런 일에 일일이
조언을 들어야 할 고양이가 대체 어디 있겠는가? 그리고 정말이지
자녀 교육에 있어서는 우리 고양이가 인간보다 한 수 위다. 인간
아이는 교육을 받아도 사납고 버릇없고 못된 애들이 있기 마련이다.
그런 인간 아이를 한 번이라도 만난 적이 있는 고양이라면 내 말을
이해할 수 있을 것이다. 4주에서 8주면 우리 고양이는 제 자식을
충분히 훌륭한 고양이로 만든다.
지금까지 이 책을 주의 깊게 읽었다면 알겠지만 지금 이 시대에는

새끼를 평범한 집고양이로 키우는 것으로는 부족하다. 새끼들에게
예의범절과 스스로를 돌볼 능력과 화장실 교육을 제대로 가르치는
것만으로는 충분하지 않다. 주거환경이 점점 좁아져서 작은 아파트가
주를 이루고, 고양이가 편히 지낼 만한 집을 찾아내려는 경쟁은 전에
없이 치열해졌다. 그래서 이제 우리 고양이는 새끼가 갓난아이일
때부터 인간을 접수하는 법을 가르쳐야 한다.

인간의 집이 좁아졌으니 자연히 고양이가 차지할 별도의 방을 찾는
일도 어려워졌다. 물론 새끼를 키우는 일도 불가능에 가까워졌다.
'나는 예외야'라고 생각한다면 바보 고양이다. 그런 고양이라면 내
말을 더 들을 필요도 없다. 고양이가 새끼들을 낳으면 함께 사는
인간은 가능한 한 빨리 새끼 고양이들을 없애려 들 것이다. 그렇기
때문에 새끼들에게 살면서 알아야 할 기본 소양은 물론이고 인간을
접수하는 온갖 방법을 일찌감치 가르쳐야 한다.

뱃속에 아이를 가진 어미 고양이라면 이 책에서 태도, 말, 예의,
실수에 관한 앞의 장들을 더욱 눈여겨보아야 한다. 그리고 새끼를
낳은 뒤에는 새끼에게 애처롭고 불쌍하게 보이는 방법을 가장 먼저
가르친다. 나처럼 나이 든 고양이가 그런 표정을 지으면 웃음거리가
되겠지만 갓 태어난 어린 고양이가 가엾고 겁먹은 표정을 제대로

지으면 살 집을 빨리 구할 수 있다.

소리 내는 울음보다 소리 없이 울기를 먼저 가르쳐야 한다. 또, 인간이 사람처럼 느낄 만한 표정이라면 무엇이든 가르치도록 한다. 더욱 신경 써야 할 일도 있는데, 그것은 바로 인간 아이에게 잘 보이는 법을 가르쳐야 한다는 것이다. 대개 인간 아이들이 제일 먼저 새끼 고양이를 자세히 살피니까. 인간 아이에 대한 설명은 앞에서도 말했으니 기억하리라 믿는다. 새끼 고양이는 작은 것이 움직이면 본능적으로 달려들기 마련인데, 그 전에 인간 아이의 탐욕스럽고 이기적이고 공격적이고 고집스러운 면모를 본능적으로 알아채야 한다. 인간 아이는 계속 관심을 받기 바라니까 어떤 동물이라도 자기를 핥거나 껴안거나 매달리거나 가르랑거리면 우쭐하기 마련이다. 그러면 집을 얻는 일의 3분의 2는 성공한 셈이다. 인간 아이가 '저 새끼 고양이를 갖고 싶어!'라고 떼를 쓰면 나머지 3분의 1까지 완벽한 성공이다.

인간 부모는 무조건 아이의 응석을 받아주고 아이를 버릇없이 키운다. 아이가 떼만 쓰면 아이의 말을 그냥 들어준다. 고양이와 함께 사는 인간 가족도 그런 사실을 잘 알기 때문에 다른 집의 아이를 초대해서 새끼 고양이를 보내는 것이다. 함께 사는 인간이 그렇게

꾀를 쓰는데 우리 고양이도 꾀를 잘 써서 새끼가 살 집을 구해주어야
하지 않겠는가?

처음에는 새끼 고양이들이 가르침을 모두 알아듣지는 못할 것이다.
그래도 걱정할 필요 없다. 눈을 뜰 때 가르치기 시작해도 늦지
않는다. 물론 쉽게 이해하지는 못하겠지만 그때는 인간의 약점들을
외우게 하는 것만으로도 충분하다. 인간의 자만심, 허영, 두려움,
불안감, 변덕, 이기심 등 우리가 경험으로 힘들게 배운 인간의
약점을 새끼들에게 가르치는 것이다. 인간의 약점은 너무 많아서
한두 번 들어서는 외우기 힘들다. 하지만 몇 주가 지나면 어떤 새끼
고양이라도 인간의 약점을 전부 외우고 어떻게 이용해야 할지 익힐
수 있다.

나는 자식이 넷인데, 그 아이들이 걸음마를 시작할 즈음에는 이미
철저히 교육을 받아서 모든 준비를 마친 상태였다. 새끼들이 각자 새
집으로 갈 만큼 자랐을 때, 나와 함께 사는 인간은 인간 아이 네 명을
집으로 초대했고, 내 새끼들은 모두 새 집을 구했다.

내 맏이는 어린 소녀에게 나긋나긋하게 애교를 부리며 인형처럼
행동했다. 내 가르침을 잘 따른 것이다. 그래서 그 소녀를 접수했다.
둘째는 딸이었는데 제 아빠를 닮아서 온몸이 흰색이었다. 둘째 딸은

조금 나이가 많은 소녀의 손을 한두 번 핥았다. 인간의 손을 핥으면
인간의 환심을 살 수 있다는 말은 이 책에서 읽어서 알고 있을 것이다.
어느 고양에게나 유용한 방법이다. 셋째는 태도만으로 첫눈에 인간
아이를 사로잡았다. 나를 닮았으니 예쁘고 매력적일 수밖에. 막내가
인간을 접수하는 일은 거저먹기였다. 인간 아이가 너무 어려서 내
막내를 자기랑 똑같은 존재로 여겼다. 4타석 연속 홈런이었다.
물론 자식을 보내려니 서운했다. 하지만 기쁘기도 했다. 나는 내
자식들이 아주 자랑스러웠다. 그 애들을 잘 가르친 내 자신도
자랑스러웠다. 게다가 새끼들을 보낸 뒤부터 나는 다시 내 집의
대장이 됐다. 아이? 아, 나는 한 번이면 충분하다.

에필로그

48런

애젯 ;ㅁ설,ㄹ 읽ㅇ,ㄴ 두; 무아6이라됴 난ㅇ,ㄴ ㄱㅇ 있ㄱ; 바랴.

결룬젓ㅇ,로 ㄴ0가 모둔 새끼 고앵ㅇ;에게 들ㄹ7주고 싶은 잉9기는

원고 마지막 페이지에 있는 위 내용을 번역하면 다음과 같다.

결론

이 책을 읽은 뒤 무엇이라도 남은 게 있기 바란다. 결론적으로 내가

모든 새끼 고양이에게 들려주고 싶은 이야기는

안타깝게도 지은이가 '결론적으로 모든 새끼 고양이에게 들려주고

싶은 이야기'가 무엇인지는 전혀 알 수 없다. 위에 인용한 앞부분 몇

줄을 빼고 나머지 부분은 모두 훼손되어 없어졌기 때문이다. 그 뒤로

어떤 충고가 더해졌는지 나로서는 알 수 없다. 만약 그 충고가 고양이

눈으로 본 인간의 특징을 마지막으로 요약한 것이라면, 차라리

모르는 게 나을 수도 있다.

고양이의 원고를 다 번역하고 이 글이 얼마나 특별한지 깨달은 뒤에

나는 한참을 망설였다. 편집자 친구에게 다시 돌려주어야 할지

어떤지 마음을 정하지 못했기 때문이다. 솔직히 고백하자면 한순간
원고를 없앨까 심각하게 고민하기도 했다.

자신이 고양이의 주인이라고 굳게 믿는 사람은 이 글을 읽고 자신의
환상이 산산이 깨지는 상처를 맛볼 테니 쉬 공개할 수 없었다. 인간이
의인화하여 기분 좋게 받아들이는 고양이의 면들이 사실은 고양이의
잔꾀나 '작전'이라면, 어찌 놀라지 않겠는가.

사람들은 자신이 고양이를 받아들이고 함께 살도록 허락하는
'주인'이라고 믿고 있다. 고양이가 즐겨 앉는 의자에 웅크리고 있거나
구석에 생각에 잠긴 듯 앉아 있을 때 우리는 고양이를 따뜻하고
흐뭇한 마음으로 바라보았다. 그러나 사실은 우리가 고양이의 철저한
계획에 속아서 의자를 빼앗긴 것임을 받아들여야 하다니! 고양이의
다정한 표정이, 실은 인간을 이용하려고 계획을 세우면서 그 생각을
드러내지 않으려 취한 가면임을 인정해야 하다니!

그러나 한편으로는 환상을 깨는 일이 꼭 그렇게 가혹하지만은 않다는
생각도 들었다. 고양이를 키우는 대다수는 '내가 고양이에게 접수된
게 아닐까, 내가 고양이의 변덕과 바람에 휘둘리고 있는 게 아닐까'
하고 내심 의심한다는 것이 나의 생각이다. 그러므로 이 글을 읽고
그런 의심을 확인하게 되더라도 우리는 이미 자발적으로 고양이에게

복종하게 되었다는 사실을 확인하고 즐거워할 수 있다고 생각한다.

처음 내 친구는 나에게 이 글의 간추린 내용을 듣고 원고를 몹시
탐냈다. 전체를 읽은 뒤에는 더더욱 출판하기를 바랐다. 그 친구는
고양이를 싫어하기 때문에 이 글을 세상에 알리면 애묘가들도 정신을
차리고 고양이의 실체를 깨닫게 될 것이라고 확신했다.

친구는 얼른 원고를 책으로 만들겠다고 서둘렀다. 나는 친구에게
네가 생각하는 결과는 나오지 않을 것이며 오히려 애묘가들은
고양이가 이토록 영리한 데 감탄하며 고양이를 더욱 사랑하게
될 것이라고 경고했다. 게다가 이 글은 그저 한 고양이의 관점에
불과하며 이 관점이 전체 고양이를 대변한다고 말할 수도 없지
않은가.

또한 이 글에는 충격적이거나 환상을 깨는 내용이 뭐 별달리 들어
있지도 않다. 내가 보기에 이 글은 '거얀이'뿐 아니라 고양이 주인을
위해서도 유용한 지침서 같다. 고양이와 함께 행복하고 평화롭게
사는 지름길을 이 글을 통해 알 수 있고, 행복하고 평화로운
삶이야말로 사람과 동물뿐 아니라 사람과 사람 사이의 관계에서도
가장 중요한 목표 아닌가.

이 글은 인간이 아닌 동물이 쓴 것인 만큼 인간의 사랑을 흥미롭고

놀랍게 묘사하기도 했다. 그 장의 결론은 정말이지 순수한 고뇌의 외침이 아닐 수 없다. '인간의 사랑이 막대로 맞는 것보다 더 아플 수 있으니 조심해야 한다.'

고양이와 함께 살다가 자신의 편리함 때문에, 아니면 그저 게으름 때문에 고양이를 갑자기 버리거나 떠난 사람이 이 글을 읽고 양심의 가책을 느낀다면 이 저자의 고생이 헛되지 않을 것이다.

물론 진실을 거부하고 자기가 믿고자 하는 것만 받아들이는 인간의 결점은 이 글이 공개된다 하더라도 쉽게 고쳐지지 않을 것이다.

얼마 전에 내 고양이 '삼보'가 이틀 동안 보이지 않다가 우리 집보다 훨씬 큰 부잣집들이 있는 동네에서 걸어오는 것을 보았다. 이 책의 내용이 머릿속에 생생하던 차에 내 마음에는 곧장 의심이 솟구쳤다. 삼보가 두 집 살림을 하나? 철길 오른쪽에 있는 어느 저택에서 삼보가 밥도 먹고 응석도 부리고 그 집의 고양이 행세를 하고 있는 게 아닐까? 격렬한 질투가 온몸을 아프게 훑고 지나갔다. 그러나 그 고통은 순식간에 사라졌다. 삼보가 두 집 살림을 해? 내 고양이는 안 그래!

나는 삼보를 안아서 턱을 간질이며 어디에 있었는지 물었다.

삼보는 자기 발로 내 입을 막고 머리를 내 얼굴에 비비며 열렬히

가르랑거리기 시작했다. 어디에 있었는지 더 캐묻는 것은 쓸데없는
짓이었다. 삼보는 분명히, 언제나 그랬듯, 정말로 나를 정말
좋아하니까.

폴 W. 갈리코

사진 출처

cover, p85 Paul Hanaoka/Unsplash p4, p167 Ruca Souza/Pexels p4 Francesco Ungaro/Pexels p4 Gianandrea Villa/Unsplash p5 Max Sandelin/Unsplash p5, p63 Leah Kelley/Pexels p5, p183 Nine Ketnipha/Unsplash p6 Nathan Riley/ Unsplash p14 Anton Darius/Unsplash p25 Huda Nur/Pixabay p31 Alexander Andrews/Unsplash p34 Ramiz Dedakoviʹc/Unsplash p41 P T/Unsplash p44 Elisey Vavulin/Unsplash p48 Anton Lochov/Unsplash p52 Tucker Good/ Unsplash p58 Kari Shea/Unsplash p60 Raoul Droog/Unsplash p66 Michael Berger/Pixabay p76 Luan Oosthuizen/Pexels p86 Nazym Jumadilova/Unsplash p96 Alexis Chloe/Unsplash p100 Ion Sipilov/Unsplash p105 Paul Nicholson/ Pixabay p106 Emre Gencer/Unsplash p109 Raphael MARTIN/Unsplash p110 liliy2025/Pixabay p118 Jonas Vincent/Unsplash p128 Chris Abney/Unsplash p135 Lina Kivaka/Pexels p138 Japheth Mast/Unsplash p144 Thomas Millot/ Unsplash p150 Hutomo Abrianto/Pexels p152 Biel Morro/Unsplash p157 Iz & Phil/Unsplash, Max Baskakov/Unsplash 158 Jae Park/Unsplash p165 Sipa/ Pixabay p168 Yuliya Kosolapova/Unsplash p174 Hermes Rivera/Unsplash p180 Manja Vitolic/Unsplash back cover/Freepik

지은이 폴 갈리코

미국의 소설가. 1941년 발표한 〈흰기러기〉가 세계적인 베스트셀러가 되면서 작가로서 명성을 얻었고, 오 헨리 상을 수상했다. 그는 24마리의 고양이와 함께 생활한 유명한 애묘가이기도 하다. 〈멍청한 인간들과 공존하는 몇 가지 방법〉은 1964년 출간된 뒤 지금까지도 미국과 유럽의 애묘가들 사이에서 '고양이 책의 고전'으로 손꼽힌다. 〈피터의 고양이 수업〉, 〈토마시나〉, 〈영예로운 고양이〉, 등 고양이의 기질에 대한 뛰어 난 통찰력이 돋보이는 작품들을 꾸준히 내놓았고 그중 〈토마시나〉는 디즈니에서 영화로도 만들어졌다. 재난 영화의 효시인 〈포세이돈 어드벤처〉의 원작자이기도 하다.

옮긴이 조동섭

서울대 언론정보학과를 졸업하고, 한양대 영화학과 대학원 과정을 수료했다. 문화 잡지 '이메진' 수석 기 자, '야후 스타일' 편집장을 거쳐, 지금은 문화평론가와 번역가로 일하고 있다. 옮긴 책으로 〈템테이션〉, 〈모 멘트〉, 〈빅 픽처〉, 〈파리에 간 고양이〉, 〈프로방스에 간 고양이〉, 〈브로크백 마운틴〉, 〈매일매일 아티스트〉, 〈그 랜드 부다페스트 호텔〉, 〈배드 대드〉, 〈웨스 앤더슨 컬렉션: 일곱 가지 컬러〉, 〈기묘한 사람들〉, 〈텔러니〉 등 다 수가 있다.

멍청한 인간들과 공존하는 몇 가지 방법 The Silent Miaow

펴낸날 초판 1쇄 2019년 5월 10일

지은이 폴 갈리코
옮긴이 조동섭
펴낸이 이주애, 홍영완
편집 장종철, 양혜영, 김송은, 장서원   마케팅 김진겸, 김가람   디자인 박아형, 김주연

펴낸곳 (주)윌북
출판등록 제2006-000017호
주소 10881 경기도 파주시 회동길 209   전자우편 willbook@naver.com
전화 031-955-3777   팩스 031-955-3778
블로그 blog.naver.com/willbooks   포스트 post.naver.com/willbooks
트위터 @onwillbooks   인스타그램 @willbook_pub

ISBN 979-11-5581-221-1 (03840)